선우
물리
　말

나와 세상을 행복으로 이어주는

우리말 선물

나와 세상을 행복으로 이어주는

조현용 지음

마리북스

아주 특별한 선물, 우리말

　이 세상은 살 만한 곳인가요, 어떤가요? 어떤 사람이 '이제 세상이 더 나아질 거라는 희망이 없어졌다'라고 하는 말을 듣고 깜짝 놀랐습니다. 앞으로 점점 더 나빠질 거라고 말하는 사람도 있습니다. 이런 우울한 생각이 사람들에게 차 있으면 안 되는데 마음이 무거웠습니다.

　사람들은 쉽게 '말세'라는 말을 합니다. 곧 세상의 종말이 올 거라고 이야기하는 사람도 있습니다. "세상이 어떻게 되려고 이러나?" 하고 걱정하는 사람도 있습니다. 저는 이런 사람들을 볼 때마다 답답하면서도 희망을 봅니다. 이렇게 이 세상이 안 좋다고 걱정하는 사람이 많으니 세상은 더 좋아지겠구나 하고 말입니다. 세상은 좋은 곳이고, 더 좋아질 것이라는 말이 진리입니다.

어떤 사람은 작은 일에도 정말 행복해합니다. 기쁜 웃음이 금방 나옵니다. 아이들은 기쁘면 깔깔거리고 웃고, 슬프거나 무서우면 울어버립니다. 사춘기 때도 뭐 그렇게 재미있는 일이 많은지 낙엽 굴러가는 모습만 보고도 정신없이 웃고, 낙엽 떨어지는 모습을 보면서 괜히 눈물을 훔치기도 합니다. 사람은 감정을 통해서 다른 사람과 공감합니다. 서로 어울려서 사는 모습이 아름답습니다. 사람은 함께 살아야 합니다.

다시 한 번 묻습니다. 세상은 살 만한 곳인가요? 저는 이 질문의 답은 정해져 있다고 봅니다. 당연히 "예"입니다. 그렇지 않다면 우리 모두 이 세상에 태어나지도 않았을 겁니다. 그런데 왜 힘이 들까요? 왜 아플까요? 왜 서러울까요? 그래서 세상이 살 만한가라는 질문이 어려운 것이기도 합니다. 답은 알겠는데 이해가 안 될 때도 많기 때문입니다.

좋은 선생님이나 좋은 책이 필요한 것은 바로 이 순간입니다. 저는 지금도 좋은 선생님을 찾기 위해서 노력합니다. 그리고 한편으로는 많은 답을 우리말 속에서 찾습니다. 우리말이 저에게는 큰 스승인 셈이지요. 우리말을 보면서 저는 혼자 웃고 울곤 합니다. 우리말에는 선조들의 지혜가 그대로 담겨 있습니다. 그야말로 보물이고 선물인 셈이지요. 그런데 우리는 이 보물을 우리에게 주는 선물이라고 잘 느끼지 못합니다. 마치 공기의 고마움을 느끼지 못하는 것과 마찬가지라고 할까요?

좋은 생각이 담긴 우리말 표현을 되새기며 이 세상이 행복한 곳이라는 진리를 깨닫기 바랍니다. 하루하루가 선물이라는 것을 느끼게 되기 바랍니다. 제가 우리말을 통해서 깨달았던 즐거움을 여러분과 나누고 싶습니다.

때로 힘들고 지쳐서 세상이 원망스러울 것입니다. 지금의 고통도 모두 앞으로의 행복을 위한 것이라는 진리, 서로가 서로에게 위로가 되고 기쁨이 되어야 한다는 진리가 우리말을 통해서 다가왔으면 합니다. 우리말은 아주 특별한 선물입니다. 여러분은 모두 세상에 하나밖에 없는 특별한 선물입니다. 이 책 또한 여러분에게 행복한 선물이기 바랍니다.

5월 어느 날에
조현용 씀

첫째 장

나에게 주는
큰 선물

사랑,
너를 생각한다

사랑 때문에 울고 웃는 사람들이 참 많다. 사랑이 무엇일까? 대부분의 언어에서 '사랑'이라는 말은 의미가 없다. 그래서 "사랑이 사랑이죠 뭐!" 하고 대답하는 사람들이 많다. 그런데 우리말에는 '사랑'이 가지는 원래 의미가 있다. 옛날 우리말에서 '사랑하다'는 '생각하다'라는 의미였다. 우리 선조들은 사랑한다는 것을 생각하는 것으로 보았다. 사실 사랑하면 그 사람 생각이 계속 나게 마련이니 '사랑'은 '생각'이 맞는 듯하다. 사랑에 대한 수많은 정의가 있지만 사랑의 기본은 생각이다.

사랑하는 연인을 공부 때문에 일 때문에 떠나보내게 되었을 때 보고 싶은 마음을 어떻게 전할까? 예전 같으면 편지에 그 애틋한 마음을 담아 보냈겠지만, 요즘은 전화나 이메일, 문자로 하지 않을까 한다. 전화나 문자도 좋지만 가끔은 쪽지나 작은 엽서라도 손글씨로 써서 사랑하는 이에게 마음을 전해보라. 그 마음이 더욱 잘 전해질 것이라 생각한다. 나도 예전에 손글씨로 편지를 정성스레 써서 몇 번을 망설이다 빨간 우체통에 넣곤 했는데, 그때의 두근거림을 아직도 기억한다. 전화가 되었든, 화상 채팅이 되었든, 이메일이 되었든 가장 많이 주고받는 말은 보고 싶다일 것이다. 보고 싶다는 말은 생각하고 있다는 증거이다.

"보고 싶어!"

"네 생각하고 있었어."

옛날 사람들은 사랑한다는 말을 잘 하지 않았다. 사랑이라는 말 대신에 '생각'이라는 표현을 많이 했다. 옛 어르신들의 연애편지에도 꼭 등장하는 말이 있다.

'당신 생각에 잠 못 이루었소!'

이 한 줄만 봐도 얼마나 많은 그리움이 묻어 있는지 진하게 느껴진다. 너를 생각하고, 나를 생각해달라는 말, 눈을 떠도 눈을 감아도 생각나는 사람이 나였으면, 너였으면 좋겠다는 거다. 맛있는 것을 먹을 때도, 아름답고 멋있는 곳에 갔을 때도, 좋은 사

람을 만났을 때도 우리는 사랑하는 사람을 생각한다. 그것은 연인일 수도 있고, 어머니 아버지일 수도, 친구일 수도 있다. 나에게 생각나는 사람은 내가 사랑하는 사람이고, 나를 생각하는 사람은 나를 사랑하는 사람이다.

그런데 우리는 사랑한다고 하면서 그 사람이 무엇을 좋아하는지 잘 모르는 경우가 있다. 맛있는 음식이 있으면 연인이나 자식이 생각나고, 먹고 싶은 게 있으면 부모님 생각이 난다는 말을 듣고 마음이 아렸던 적이 있다. 생각해보니 부모님은 무슨 음식을 좋아하시는지, 무슨 색을 좋아하시는지, 가고 싶으신 곳은 어디인지에 대해서 잘 모르고 있다는 생각이 들었다.

나를 사랑하는 사람들의 마음을 아프게 하고 싶지 않을 것이다. 또 누군가 나를 떠올렸을 때 예쁘고 좋은 모습으로 기억되고 싶을 것이다. 그러니까 나를 아끼고 가꾸면서 살아야 한다. 예전에 어떤 시인이 사랑하는 사람이 생긴 후에 떨어지는 빗방울도 두려워졌다고 했다. 사랑한다면 항상 조심해야 한다. 사랑하는 사람이 생기면 운전도 조심하고, 위험한 일도 피해야 한다. 사랑한다면서 함부로 사는 것은 사랑이 아니다. 사랑은 서로에 대한 걱정과 바람도 포함하고 있다.

아름답다,
나답고 자기답다

　아름다움을 갈망하는 것은 인간의 본성이다. 아름다움에 대한 기준은 사람마다 나라마다 다를 수 있다. 우리말 '아름답다'에는 아름다움을 어떻게 보아야 하는가에 대한 관점이 담겨 있다.

　우리 옛말에서 '아름'이라는 말은 '나, 개인'이라는 의미였다. '아름답다'의 '아름'을 '한 아름'과 연관 지어 말하는 사람도 있는데, 이는 단어를 분석해보면 가능성이 낮아 보인다. 왜냐하면 우리말에서는 '-답다' 앞에 주로 사람에 해당하는 말이 오기 때문이다. '사람답다, 학생답다, 어른답다, 아이답다, 여자답다, 남자답다'와 같이 사람에 해당하는 말이 오는 경우가 많다.

그런데 '아름'을 중세 국어에서 찾아보면 '개인'이라는 의미로 사용되는 경우를 발견하게 된다. 따라서 '아름답다'라는 말은 '그 사람답다, 나답다'라는 말로 해석할 수 있다. 우리 선조들의 생각에는 '나다운 것이 아름다운 것'이다. 자신의 가치를 잘 발휘하는 사람이 아름다운 사람이라는 귀한 생각이 담겨 있다. 그러니까 원래 자기다운 게 가장 아름답다는 거다. 자신을 가장 가치 있게 만드는 게 아름다운 것이다.

그런데 우리는 이 진정한 아름다움을 참 쉽게도 잊어버린다. 나다운 것을 소중히 가꾸려고 하기보다 다른 사람들이 가지고 있는 아름다움을 너무 쉽게 동경하는 게 아닐까? 나의 아름다움은 잘 보지 못하면서 남을 부러워한다. 다른 이의 아름다움은 그들의 것이다. 그것을 나한테 옮겨오려고 한다면 어울리지도 않을뿐더러, 어울리게 만들려고 하면 많은 시간과 공을 들여야 할지도 모른다. 참으로 어리석은 일이다. 나다운 것을 찾으면 내가 아름답다는 것을 알게 된다.

아이한테는 아이답다는 말이, 학생한테는 학생답다는 말이, 선생님한테는 선생님답다는 말이 가장 좋은 칭찬이다. 남의 흉내를 내지 않고 자신의 가치를 지켜내는 사람들이 아름다운 존재들이다. 다른 나라 말 'beautiful, 美' 그 어디에도 들어 있지 않은 우리말에만 있는 '아름답다' 고유의 뜻이다.

정치인은 개인의 욕심이 아니라 정치인답게, 의사는 부와 명예를 좇기보다 의사다울 때, 비로소 이 사회 모든 것이 제자리를 찾을 것이다. 전에 의사 선생님을 칭찬하는 환자의 말을 들은 적이 있다. "그분은 정말 의사이세요" 하는 칭찬이었다. 의사는 의사이기만 하면 된다. 환자보다 돈이 앞서지 않으면 된다. 정치인도 정권욕보다는 국민의 삶이 먼저면 된다. 만약 그렇지 않고 나도, 이 사회의 모든 것도, 자신다운 것과 자신의 위치를 잃어버린다면 혼동의 세상에서 헤매게 된다.

대부분의 종교에서는 자신을 귀하게 여기라는 말을 한다. 자신의 가치를 깨달으라는 말을 한다. 참 쉬운 말이 아니다. 이 말은 자신이 아름다운 사람임을 알아야 한다는 뜻이다. 어쩌면 아무리 봐도 나는 잘난 게 없다고 말하는 사람도 있을 것이다. 공부도 못하고, 인물도 좋지 않고, 건강하지도 않고. 하지만 내가 얼마나 귀한지를 발견하는 일은 무엇보다도 중요하다. 내가 이 세상을 사는 이유이기도 하다. 내가 귀한 것을 알아야 남도 귀한 줄을 안다.

우리가 아는 훌륭한 사람은 모두 자신이 귀한 줄을 알고, 다른 사람도 귀하다는 것을 깨달은 사람들이다. 그런 사람들이 모두 예쁘고 잘생겼던가? 모두 학교에서 공부를 잘하는 사람이었던가? 집안이 훌륭했던가? 오히려 많은 성자들은 남들이 보기에는 못나고 부족한 사람인 경우가 많았다. 부모님을 어려서 잃었거나 부모님 중 한 분이 일찍 돌아가신 경우도 많았다. 하지만 자신을 낮게 취급하지 않았기에 아름다운 사람이 될 수 있었다. 그리고 진정 아름다운 사람은 다른 사람 역시 아름다운 사람임을 깨닫게 된다.

외로움,
나에게 주는 큰 선물

　우리는 툭하면 외롭다는 말을 한다. 외로움이란 말은 어떤 뜻일까? '외롭다'의 어원을 '외外'로 보는 입장이 있다. 외할머니, 외할아버지의 '외'도 바깥이라는 뜻이다. 외가外家의 한자를 봐도 금방 알 수 있다. 외롭다는 말과 관련되는 어휘로는 '외기러기, 외따로' 등이 있다. 무리에서 떨어져 나온 기러기는 외로울 수밖에 없다. 따로 바깥쪽에 떨어져 있는 사람은 당연히 외롭다. 그래서 우리는 외롭다는 단어를 들으면 쓸쓸함을 느낀다.

　그래서일까? 많은 사람들이 혼자라고 하면 '고독하다, 외롭다, 불쌍하다'라는 단어를 떠올린다. 그런데 막상 혼자 밥을 먹고, 혼자 여행을 다니고, 혼자 영화를 보고, 혼자 음악을 듣는 사람들에게 외롭냐고 물어보면, 거의 대부분의 사람은 아니라고 대답한다. 혼자인 사람을 불쌍하다고 보는 그들만의 착각이다. 실제로 혼자라는 것은 자기만의 시간을 가지는 아주 소중한 기회이다. 외롭다는 것이 얼마나 귀하고 소중한 것인지 알면 그 시간을 유용하게 잘 쓸 수 있다.

때로는 일부러라도 외로움의 공간으로 뛰어들어보라. 그 속에서 얻을 수 있는 게 참 많다. 사람은 극한의 외로움 속에서 새로운 능력을 갖게 되는 것 같다. 새로운 세계와 만나고 깨달음을 얻는 순간도 외로움 속에서 얻어질 때가 많다. 수행을 하는 사람은 일부러 외로움 속으로 들어간다는 것을 기억하자. 사람들과 말을 하지 않는 묵언수행默言修行도 의사소통을 단절한 채 스스로를 외롭게 만드는 일이다. 어떤 날은 일부러 아무하고도 대화를 하지 않고 때로는 자신과의 대화도 끊어보라. 아주 특별한 경험이 될 것이다.

외로운 시간을 지나면서 우리는 자신과 대화하는 법, 자신의 모습을 들여다보는 법을 알게 된다. 외로움은 자신에게 주는 선물이다. 외로움이 나에게 다가올 때 결코 우울해지면 안 된다. 우울하다고 생각하면 우울하다. 선물이라고 생각하면 기쁨이 된다. 부처님도 보리수 아래서 깨달음을 얻을 때 누구하고 대화를 한 것이 아니다. 예수님도 혼자 40일 간 광야를 다니면서 깨달음을 얻었다. 모세가 십계명을 받을 때도 혼자였다.

나는 고등학교에 다닐 때 등굣길을 30분 정도 혼자 걸어서 다녔다. 나는 늘 나에게 끊임없이 말을 건넸다. 평소의 고민은 나와의 대화 속에서 해결이 되기도 했고, 때로는 위로가 되기도 했다. 또한 많은 주제를 꺼내놓고 스스로와 토론도 했다.

'행복에 대해서 어떻게 생각하나?'

'사랑은 무엇일까?'

'죽음은 과연 끝일까?'

내 질문은 때로 재미있었고, 때로 무거웠다. 하지만 혼자와의 대화는 늘 생각의 깊이를 더해주었다. 요즘에도 나는 스스로와 대화하는 시간을 가지려고 노력한다. 일에 대해서 생각할 때도 있지만 삶에 대해서 생각할 때도 많다. 내가 쓰는 대부분의 글은 이렇게 외로운 시간에 나온 것이다. 혼자라서 외로운 시간이 아니라 나와의 끊임없는 대화를 가지는 소중한 시간으로 가꾸었기에 가능했다. 그것을 외롭다고 생각하는 순간 불쌍해지는 것이고, 그런 사람을 불쌍하게 바라보는 사람은 더 불쌍해진다.

나는 지금도 종종 혼자 밥 먹는 시간을 즐긴다. 여럿이 밥을 먹으면 생각할 시간이 없다. 점심시간만이라도 혼자 있는 시간을 가지는 것이다. 10분 동안 밥 먹고 나머지 50분을 생각할 때도 있고, 시간이 걸리더라도 천천히 생각하면서 밥을 먹을 때도 있다. 학교에 있다 보면 외롭지 않은 시간이 훨씬 많다. 늘 사람들에게 둘러싸여 있는 시간이다. 그런 나에게 혼자만의 시간은 외로움을 선물하는 것이다. 그 시간들이 주어지지 않으니까 내가 나에게 스스로 선물하는 것이다.

어쩌면 군중 속의 고독, 많은 사람들이랑 함께 있을 때 더 외로움이 느껴질 수도 있다. 나를 돌아볼 수 없고, 나와 어울리지 않는 자리에 있으면 그게 나를 더 외롭게 한다. 쓸데없는 웃음을 웃고, 값싼 농담을 하면서 나는 오히려 외로움을 느낀다. 때로 사람과의 진정한 소통의 창구도 막히고, 많은 사람들 속에서 꾸어다 놓은 보릿자루마냥 있으면 외롭다. 어울리지 않는 옷을 입고, 어울리지 않는 음식을 먹고, 어울리지 않는 음악을 듣고 있을 때가 오히려 외로운 것이다.

내가 편안함을 느끼는 공간에서 나에게 어울리는 옷을 입고, 내가 듣고 싶은 음악을 들으며, 내가 먹고 싶은 음식을 먹는 건 절대 외로운 게 아니다. 오로지 나한테 집중하는 시간을 가져라. 나에게 외로운 시간을 선물하라. 다른 사람과 함께 있는 시간은 나를 바라볼 수 있는 시간이 아니다. 외로운 건 절대 부정적인

게 아니다. 외로움을 즐기는 시간은 나중에 사람을 귀하게 여기는 감사함이라는 선물로 돌아오게 된다. 외로움은 사람을 떠나기 위해서 필요한 것이 아니라 사람들과 진정으로 소통하기 위해 필요한 것이다.

일,
즐겁고 행복한 놀이

　여러분에게 일은 행복한 것인가, 불행한 것인가? 일은 생각하기에 따라 두 가지의 얼굴이 있다. 아주 불행한 것일 수도 있고 행복한 것일 수도 있다. 그것을 가르는 기준은 자신의 마음이다. 자신의 마음속에서 일을 어떻게 바라보느냐에 따라 불행한 것일 수도 행복한 것일 수도 있다.

　나는 일을 이야기할 때면 시시포스의 신화 이야기를 하곤 한다. 신들로부터 바위를 산꼭대기까지 운반하는 형벌을 받은 시시포스. 그러나 바위가 산꼭대기에 도착하면 바위는 다시 아래로 굴러떨어진다. 매일같이 이 일을 반복해야 하는 시시포스는 얼마나 불행할까? 아마 대부분의 사람들은 이 모습을 보면서 시시포스를 불쌍하게 생각할 것이다. 그러고는 자신의 처지를 시시포스에 빗대어 생각할 것이다. 매일 일을 해야 하고, 매일 공부를 해야 하고, 매일 고통을 받아야 한다고 생각하면 불행할 수밖에 없다.

내가 생각하는 시시포스는 절대 불행하지 않다. 이건 관점의 차이일 뿐이다. 시시포스도 우리랑 똑같이 아침에 일어나면 돌을 굴리는 일을 하러 갔다 저녁이면 집에 온다. 집에 오면 가족들이랑 그날 돌을 굴리면서 있었던 이야기를 함께 나눌 것이다. 그렇게 밤을 보내고 아침이 오면 또 돌을 굴리는 일을 하러 나간다.

시시포스가 아침에 집을 나서면서 '오늘도 하루 종일 돌을 굴려야 하는구나!'라고 생각한다면 불행한 시시포스일 것이다. 하지만 '오늘 하루도 무사히 일을 끝내면 집에 와서 푹 쉴 수 있겠구나!'라고 생각하면 오늘도 행복한 하루가 될 것이다. 일은 나를 위해서 가족을 위해서 이 세상을 위해서 내가 할 수 있는 재능이다. 내가 갖고 있는 능력으로 가족이 행복해진다면, 누군가가 배부르다면 좋은 일이 아닐까?

우리말 '놀다'를 보면 일이 즐거운 놀이임을 알 수 있다. '놀다'라는 말도 단순히 쉰다는 의미가 아니다. 놀다가 일이나 활동을 의미하는 경우도 많다. 예를 들어 손을 빨리 놀린다고 할 때는 움직인다는 뜻이다. '노릇'이라는 말도 '놀다'와 어원적으로 관계가 있는데 어떤 역할을 한다는 의미이다.

그런데 많은 사람들이 놀다에 대해 착각하고 있다. 놀다라고 하면 '일을 하지 않고 노는 것'이라고 생각하는 데서 오는 것이다. 우리 조상들은 노는 것 역시 일의 한 방법으로 본 것 같다. 놀이처럼 일을 하면 효용성이 높아질 수밖에 없다. 좀 어려운 말인데 관자놀이라는 말을 보자. 관자놀이는 눈 옆에 있는 급소인데, 갓의 끝부분이 관자다. 관자놀이는 관자가 움직이는 것이다. 불놀이, 마당놀이처럼 연극에도 놀이가 들어간다. 우리나라 사람들은 즐겁게 일하는 것을 놀이라고 생각했다. 노는 것인지 일하는 것인지 구분이 잘 안 가게 노는 것이다. 북청 사자놀음, 꼭두각시놀음같이 놀이란 항상 즐거운 것이었다.

이 놀음이라는 단어가 나쁜 쪽으로 흐르면 일의 원래 의미인 즐겁고 흥겹다는 뜻이 사라지고 경쟁이나 나쁜 의미가 된다. 대표적인 말이 노름이다. 하지만 원래의 놀다는 즐거운 일이었다. 즐거운 것, 생산적인 뜻을 담고 있다. 즐거운 놀이가 바로 일이었다. 엄마 노릇이 가장 대표적이다. 엄마의 역할을 즐겁게 하는 것이 엄마 노릇이다. 노래라는 말도 마찬가지다. '놀이'에 '애'가 붙은 게 노래이다.

옛날에는 노래는 일을 하면서 부르는 것이었다. 노동요이다. 고려가요 중에 〈상저가相杵歌〉라는 노동요가 있다. 서로 방아를 찧으면서 부르는 노래인데 그 가사는 대강 이런 내용이다.

덜커덩 방아를 찧어
거친 밥이나마 지어서
아버님 어머님께 바치고
남거든 내가 먹으리

방아를 찧으며 이 밥을 맛있게 드실 부모님을 생각하면 힘이 났으리라. 〈상저가〉에는 '히얘! 히야해!'라는 힘을 돋는 감탄사가 나온다. '아자아자, 으샤으샤'의 느낌이라고나 할까.

학자들은 일하는 고통을 잊기 위해서 노래를 부른 것이라고 말한다. 하지만 내 생각은 다르다. 정말 힘이 들면 노래가 나올까? 노동이 즐거움이 될 수도 있기 때문에 노래를 부른 것이다. 노래를 부르면서 일하는 힘도 얻는다. 대부분의 민요는 노동요에서 시작되었다. 삶의 기쁨과 슬픔을 담은 노래는 생활의 활력소가 되었다.

힘들기도 하지만 즐겁기도 한 것이 일이다. 그래서 이왕이면 좋아하는 일, 잘하는 일을 하면서 살 수 있으면 더 좋다. 평생을 해야 할 일이기에 좀 더 즐거운 일을 하게 되면 더 좋다. 그래서 자신의 꿈을 찾아 젊은 시절을 알차게 보내는 게 아닐까? 앞서 살아간 사람들의 이야기를 듣고, 책을 보고, 많은 경험이 필요한 이유다. 일은 고통이 아닌 즐거움이다.

시간,
무엇을 하고 시간을 보내는지 고민하라

　시간이라는 말은 때 시時와 사이 간間, 때와 때 사이를 뜻한다. 시간은 절대적인 것이 아니라 상대적이라는 것을 보여준다. 시간은 절대적이지 않아서 그 사이를 어떻게 생각하고 느끼느냐에 따라서 지나가는 속도가 전혀 다르다. 상대성의 원리에 가장 맞는 개념이 시간이 아닐까 한다. 누구와 함께 있는가에 따라서 시간의 느낌이 달라지기도 한다. 좋은 사람과 함께하면 시간은 순식간에 지나간다. 하지만 싫은 사람과 같이 있으면 시간은 참으로 괴롭고 더디게 흘러간다.

　또한 모두에게 똑같이 주어진 한 시간이지만, 어떤 사람은 그

한 시간 동안에 하는 일이 많고, 어떤 사람은 하릴 없이 흘려보낸다. 어떤 사람한테 한 시간은 너무도 귀하고, 어떤 사람한테는 한없이 지겹게 느껴진다. 누군가에게 한 시간은 의미 있는 시간이지만, 누군가에게는 의미 없는 시간이기 때문이다.

'당신의 시간은 의미 있는 시간인가? 무의미한 시간인가?'

의미 있는 시간일수록 짧게 느껴지고, 빠르게 지나가는 시간일수록 좋게 느껴진다. 이건 어떤 사람에게도 같이 느껴질 것이다. 그래서 사람들은 바쁘게 사는 것을 좋아한다. 여기서 '바쁘게'라는 시간의 함정을 조심해야 한다. 내가 정말로 무엇을 하고 시간을 보내는지 고민을 해야 한다.

내가 가장 아쉽게 생각하는 말 중의 하나가 '나중에!'이다. 우리는 툭하면 말한다.

"지금 바빠, 나중에!"

"지금 시간 없으니까 나중에!"

시간이 되면 나중에! 이렇게 나와의 약속을, 부모님과의 약속을, 가까운 사람들과의 약속을 미룬다. 이렇게 실제로 바쁘게 산다고 해보자. 그게 진짜 잘 사는 것일까? 혹여, 내가 좋은 사람들과 함께 보냈어야 할 시간들, 좋은 생각 좋은 마음으로 보냈어야 할 시간들을 놓치면서 산 것은 아닐까?

세상에서 미루는 동물은 인간밖에 없다고 한다. 반성을 하게 만드는 이야기이다. 바쁘다는 이유로 귀한 만남을 미루어두지는 않았던가? 내가 바쁘다는 이유로 부모님께 전화 드리고 찾아뵙는 걸 게을리하지는 않았는가. 시간 있을 때 나중에! 다행히 그때 부모님이 여전히 계시다면 다행이지만, 나이 드신 부모님이 언제까지 우리를 기다려주지는 않는다.

내 화법 수업에서는 이런 아쉬운 사연들이 자주 소개된다. 사는 게 힘들어서 자기 한 몸 주체하기도 힘든 아들이 있었다. 그런 아들을 지켜보는 아버지는 보고만 있자니 속이 터지고, 말을 하자니 아들과의 사이가 나빠질 것 같아 늘 아들의 뒤에서 아들을 지켜보고만 있었다. 그날 아침도 그랬다.

아들과 아버지가 함께 출근을 하면서 아들이 앞에 가고 아버지는 아들 뒤를 따라 버스 정류장으로 향했다. 아들이 탈 버스가 먼저 왔다. 아들은 아버지를 쳐다볼 겨를도 없이 뛰어가서 버스를 탔다. 버스가 갑자기 떠나는 바람에 아버지께 '다녀오겠습니다!' 인사조차 제대로 못했다.

그날 저녁 아버지는 횡단보도를 건너다 교통사고를 당해 돌아가셨다. 과속으로 달리던 차가 어둠이 깔린 도로에서 아버지를 미처 발견하지 못한 것이다. 비보를 전해들은 아들은 제일 먼저 그날 아침에 아버지께 인사를 드리지 못하고 출근한 게 떠오르면서 가슴이 미어졌다. 너무 기가 막혀 눈물도 나지 않았다. 도무지 자신에게 일어난 일같이 느껴지지가 않았다. 아버지의 장례를 치르고 아들은 그제야 통곡했다.

"평생 아버지 손 한 번 잡아드리지 못했는데……."

"아버지께 다녀오겠다는 인사도 못했는데……."

류시화 시인이 쓴 《하늘 호수로 떠난 여행》을 보면 성지순례를 가고 싶어 하는 유대인들에 대한 영화 이야기가 나온다. 성지순례를 가고 싶어 하는 유대인은 매번 성지 순례를 가려고 할 때마다 생각했다.

'성지순례를 가려면 멋진 구두 정도는 있어야 하지 않을까?'

'성지순례를 가려면 기타가 있어야 노래 부르며 가지?'

성지순례를 가려고 할 때마다 계속 해야 할 무언가가 떠올라서 가지 못한다. 그러다 갑자기 유대인들은 학살을 당하게 된다. 수용소로 끌려가던 유대인은 말했다.

"그게 다 무슨 소용이 있다고. 그냥 노래 부르며 갔으면 됐을걸."

류시화 시인은 그 영화를 보고 일주일 후에 인도로 떠났다고 한다. 우리도 류시화 시인처럼 당장 인도로 떠나자는 이야기는 아니지만, 적어도 오늘 누려야 할 좋은 시간들, 오늘 해야 할 좋은 일들을 내일로 미루며 살지는 말자. 소중한 사람들이랑 다시 돌아오지 않을 소중한 시간을 놓쳐서는 안 된다. 조금 덜 바쁘지만 깨우치려고 노력하고 바르게 살려는 의미 있는 시간들로 채워보라.

재미,
나에게 의미 있는 즐거움

재미없는 것만큼 지루한 것도 없다. 우리는 재미를 참 중요하게 생각해왔다. 누군가가 마음에 들지 않을 때 하는 최고의 협박도 '너 재미없을 줄 알아!'이다. 어느 나라 말이든 협박에 관한 표현이 중요하다. 협박은 그 사람이 제일 싫어하는 것을 가지고 괴롭히는 것이다. 또 다른 협박으로는 '너 국물도 없어'라는 말이 있는데, 이것은 국물을 중요하게 생각하는 우리 문화를 담고 있다. 재미없을 줄 알라는 말이 협박이 되는 것은 한국인이 재미를 매우 중요하게 생각했음을 보여준다.

한국 사람이 생각하는 재미는 웃긴 게 아니다. 종종 웃긴 것을 재미있는 것으로 생각하는 사람들이 있다. 아니다. 우리나라 사람들은 슬픈 영화를 보고도 재미있다고 한다. 반면에 코미디 영화를 보고도 하나도 재미없었다는 말을 하기도 한다. 재미는 웃긴 게 아니라 의미 있는 즐거움이다.

인생에서 재미없는 게 진짜 큰 문제이다. 모든 게 재미없으면 의미가 없다. 그런 경우에 우리는 '요즘에 사는 게 재미없다'는 표현을 한다. 한국인에게 재미가 중요하기 때문에 일상생활에서도 재미라는 말을 쓸 때가 많다.

"신혼 재미 어때?"

"공부하는 재미 어때?"

"요즘 사업 재미 좀 봤어?"

재미는 그동안 하지 않았던 일을 할 때 더 느낄 수 있다. 재미에는 창의성이 들어가 있다는 말이다. 재미있는 노래, 재미있는 영화는 모두 새로움을 느낄 때 하는 말이다. 또한 재미는 관심과도 관련이 된다. 사람을 만날 때도 내가 관심 있고 좋아하는 사람을 만날 때는 재미가 있지만, 그렇지 않은 사람을 만날 때는 참 재미가 없다. 차라리 혼자서 영화 보고 책 보고 음악 듣는 게 더 재미있게 느껴질 때도 있다. 재미란 나에게 의미가 있는 즐거움이기 때문이다. 누군가가 나에게 의미가 있는 사람이라면 그 사람과 함께하는 시간이 즐겁고 재미있다. 그렇지 않다면 온통 지루하다는 생각이 머리에 꽉 찰 것이다.

재미는 사람마다 다르다. 서로 좋아하는 음식이 다르듯이 재미있어하는 분야가 다르다. 어쩌면 세상이 그래서 더 재미있을 것이다. 다 똑같은 것을 좋아한다면 무슨 재미가 있을까? 다 똑같이 생기고, 다 똑같이 공부만 잘한다면 무슨 재미가 있겠는가? 다양한 모습이 다양한 재미를 불러온다.

어떤 사람은 만들기가 재미있고, 어떤 사람은 만들기가 재미없다. 내 경우에는 만들기가 별로다. 아이들에게는 미안한 이야기이지만, 레고 같은 장난감 만들기가 나에게는 고역이었다. 내가 제일 두려워하는 장난감 이름이 '아빠와 함께 만드는' 시리즈의 장난감이었다. 하지만 나는 책이 재미있고, 사람 만나는 게 재미있다. 영화를 보는 것도 재미있고, 신기한 디자인도 좋아한다.

사람마다 재미있는 것은 다르다. 따라서 서로의 즐거움을 인정해주어야 한다. 자신에게 의미 있는 일이 재미가 되고, 취미가 되고, 직업이 될 것이다. 재미는 의미 있는 즐거움이다. 물론 다른 사람에게 피해를 주는 즐거움은 재미가 아니다.

궁금증,
세상에서 가장 아름다운 병

세상에서 가장 아름다운 병이 궁금증이다. 원래 우리말에서는 '-증'이라는 말이 들어가면 우울증, 의처증처럼 안 좋은 뜻이 된다. 대부분은 한자어에 붙어서 단어를 만든다. 그런데 궁금증처럼 순우리말에 증이 붙기도 한다. 싫증이나 짜증도 궁금증처럼 고유어에 결합한 어휘이다.

오래되면 식상하여 싫어지는 병이 싫증인데, '싫다'에 '증'이 붙어 싫증이 되었다. 궁금증도 순 우리말에 증이 붙은 것이지만, 나쁜 뜻이 아닌 좋은 뜻이다. 궁금증은 세상을 궁금해하는 아름다운 병이고, 어른이고 아이고 궁금증이 많은 사람들이 세상을 발전시키고 바꾸는 것이다. 만약에 궁금증이 없었다면 인류는 지금처럼 발전하지 않았을 것이다. 사람들의 궁금증에서 하늘도 날 수 있고, 우주도 갈 수 있게 된 거다. 전화도 컴퓨터도 모두 궁금증에서 시작되었다.

나는 이 이야기를 할 때면 이순신 장군의 이야기를 한다. 이순신 장군은 무과 시험을 한 번에 붙지 못했다. 첫 번째 시험을 볼 때 말에서 떨어져 다리가 부러져서 낙방했다. 이미 시험에는 떨어졌지만 이순신 장군은 버드나무 가지로 다리를 묶고 끝까지 달려서 결승점으로 들어온다. 이 이야기에서 많은 사람들이 무슨 일이든 끝까지 해야겠구나 하는 교훈을 얻는다. 인내심을 배우게 된다.

하지만 나는 이 이야기를 듣고 궁금증이 생겼다.

'왜 버드나무 가지로 묶었을까? 주변에 버드나무밖에 없었나?'

그 이유를 찾아보니 버드나무 가지에는 진통제 작용이 있기 때문이라고 했다. 옛날 사람들은 어디가 아프면 버드나무 가지로 통증을 막았다. 버드나무 가지 성분에서 추출한 약이 바로 아스피린이다. 참으로 놀랍지 않은가? 옛날에 통증을 덜어주던 약의 포장에도 버드나무 그림이 그려져 있었다. 관심이 없어서 그냥 지나쳐버린 것인데 그런 이유가 있었던 모양이다.

나는 집에서도 아이들한테 우리말의 어원에 대한 이야기를 하는 걸 좋아한다. 한번은 아이한테 '새가 울다'라는 표현에 대해서 이야기를 했다.

　"새가 전깃줄에 앉아서 울고 있는데……."

　이 이야기를 하자마자 아이가 물었다.

　"아빠, 새는 전깃줄에 서 있지 앉아 있지 않아요. 잘 보세요. 새는 앉을 수가 없어요."

　맞는 말이다. 새는 전깃줄에 서 있지 앉아 있지 않다. 굳이 표현하자면 서 있다.

　"그런데 왜 앉아 있다고 할까?"

　우리말에서는 어디에 얹혀놓는 것을 얹었다라고 말한다. 그러니까 새도 전깃줄에 올라가 있으니까 얹혀 있는 것이고, 그 모습을 앉아 있다고 표현한다.

　궁금증이란 이런 것이다. 당연한 말도 '왜 그럴까?' 의문을 가지고 생각하다 보면, 그 말의 어원을 알게 되고 더 많은 것을, 더 깊은 것을 알게 된다. 아름다운 병, 궁금증을 여러분께 적극 추천한다. 사과가 떨어지는 것을 보고 만유인력의 법칙을 발견하지 않았던가? 왜 악수는 오른손으로 할까? 왜 사람들은 왼손잡이에 대해서 좋지 않게 생각했을까? 왜? 왜?

쉬다,
자신을 돌아보는 시간

사람들은 쉰다고 하면 노는 것으로 잘못 알고 있는 경우가 많다. 쉬는 것은 결코 노는 게 아니다. 그러면 잘 쉰다는 것은 어떤 것일까? 우리말 '쉬다'를 보면 그 뜻을 더욱 잘 알 수 있다. 우리말에서 '쉬다'는 두 가지 의미가 있다. 하나는 앞에서 이야기한 것처럼 일을 하지 않는 것이고, 다른 하나는 숨을 쉬는 것이다. 바로 여기에 '쉬다'의 열쇠가 있다. 쉬는 것은 숨을 쉬는 것이기도 하다.

우리는 쉴 때 '한숨을 돌렸다'라는 표현을 한다. 긴장되는 일이 있거나 걱정되는 일이 있을 때도 한숨을 쉰다. 그때 한숨을

46

쉬어주면 긴장이 누그러지고, 걱정도 조금은 해소되는 효과가 있다. 슬픈 일이 있을 때도 한숨을 쉬면 슬픔이 잦아든다. 이게 쉬는 거다. 우리의 몸과 마음을 걱정이나 긴장에서 벗어나게 하는 것이다.

명상에서 가장 중요한 것도 호흡이다. 숨을 들이마시고 내쉬면서 생각을 정리한다. 이것이 진짜 쉬는 것이다. 아무것도 하지 않고 마냥 노는 것이 아니라 몸과 마음을 편하게 하면서 자신을 돌아보는 시간을 가지는 것이다. 지금까지 나는 어떻게 살아왔고, 앞으로는 어떤 일을 할지, 어떻게 살아갈지를 생각해보는 것. 이것이 우리말에서 말하는 '쉬다'이다.

한자어 쉴 휴休도 마찬가지다. 사람 인人에 나무 목木, 나무 그늘에서 쉬는 것이 한자에서 뜻하는 쉴 휴이다. 이 모습만 보면 아무것도 안 하고 노는 것 아닌가 생각할 수도 있다. 하지만 휴식休息이라는 단어를 보면 생각이 달라진다. 휴식의 식息이 숨 쉴 식 자이다. 휴식이라는 한자어도 나무 옆에 편히 앉아 숨을 쉬는 것이다. 몸과 마음을 쉬게 하는 것이 휴식인 셈이다.

우리 선조들은 급한 것을 늘 경계했다. 바쁘게 사는 것의 위험함을 알고 있었다. 목마른 이에게 물바가지 속에 버들잎을 따서 넣어 주었다는 지혜로운 여인의 이야기가 있다. 급하면 체한다.

지나치게 바쁘게 살면 건강도 마음도 사람도 잃는다. 가끔씩은 뒤돌아보고 숨을 깊게 내쉬어야 한다. 그래야 남은 삶을 잘 살 수 있다. 쉬는 것은 게으른 것과는 전혀 다른 행동이다.

가만있어도 숨 가쁘게 돌아가는 세상이다. 숨 가쁘게 달려가 기만 한다면 얼마 못 가 지쳐 쓰러지고 만다. 숨 가쁘게 달려가 는 중간중간 쉬면서 물도 마시고 땀도 닦으면서 가야 더 오래 더 멀리 갈 수 있다. 우리 인생 사이사이 쉼표가 있어야 한다. 열심 히 달리기만 한다면 내가 왜 달리는지, 지금 어디까지 왔는지를 알 수 없다.

그러니까 쉴 때는 숨을 쉬어야 한다. 한숨을 돌리며 지나온 일 도 돌아보고 어떻게 살아야 할지도 생각해봐야 한다. 쉬는 것은 나를 되돌아보는 것이다. 인생이 짧다고들 하는데, 이것은 우리 가 인생을 돌아보지 않기 때문에 짧은 것이다. 따라서 '쉬지 않 는다'라는 말은 뒤를 돌아보지 않는다는 것이다. 인생이 짧은 것 은 바쁘게 살면서 돌아보지 않기 때문이다. 순간순간을 반성하 면서 되돌아보며 사는 인생은 짧지 않다. 잘 쉬어야 한다.

둘째 장

사이가
좋다

형제,
내 어릴 적 고마운 친구

　나는 삼형제의 맏이로 남동생이 둘 있다. 나의 유년 시절을 떠올리면 항상 두 동생이 옆에 있다. 어릴 때 우리 집은 남산에 있었다. 덕분에 우리 삼형제는 마치 한 몸처럼 어울려 다니며 도랑에서 가재 잡고 산에 올라 전쟁놀이를 하며 항상 함께 놀았다. 동생들이 있어서 나의 유년 시절을 훨씬 풍성하고 재미있게 보낼 수 있었다.

　어린 시절에는 이토록 즐겁게 재미있게 잘 놀았는데, 자라서 옛 생각을 까맣게 잊고 너무 쉽게 나의 형제에게, 자매에게 서운함을 느낄 때가 많지 않은가. 적어도 10년 동안은 나랑 제일 가까운 친구가 되어줬던 그들에게. 그것도 보통 친구인가? 집에 돌아가지 않아도 되는 친구, 한 침대에서 같이 자고, 같이 여행 가고, 매일 함께 밥을 먹었던 친구이다. 그야말로 피를 나눈 친구이기도 하다.

나도 나이를 먹으면서 동생들에 대한 고마움을 자꾸 잊어버린다. 반면 서운함은 쌓여간다. 지금은 부모님이랑 두 동생이 미국에 있고 나만 한국에 남았다. 아내도 있고 아이들도 있지만, 나도 모르게 홀로 남겨진 외로움을 느끼는지 부모님이나 동생들에게 내가 먼저 연락을 하게 된다. 그러면서 가슴 한쪽에는 서운함이 쌓인다.

'자식들, 전화 좀 하지! 꼭 내가 전화하게 만들어!'

그럴 때면 나는 마음을 다시 다잡는다.

'맞아, 동생들 덕분에 내가 어릴 때 재미있게 놀았지!'

형제자매, 그 이름만으로도 참 애틋하고 정겨운 말이다. 그런데 한국어에서 형제자매를 표현하는 말은 다른 언어를 사용하는 사람에게는 매우 복잡하다. 우리말은 위는 복잡하지만 아래는 단순하다. 무슨 말인가 하면 위는 '형, 누나, 언니, 오빠'로 복잡하게 나누어져 있지만, 아래는 '동생'으로 단순하게 표현한다. '내 동생 곱슬머리~'로 시작하는 동요가 있는데, 이 노래를 번역할 수 있는 언어는 거의 없다. 대부분의 언어는 남동생과 여동생을 구별한다. 동생에 해당하는 어휘가 따로 있는 언어는 거의 없다. 따라서 '내 동생'이라고 하면 남자인지 여자인지 알기 어려워 번역할 수가 없는 것이다.

형제라는 말은 남자를 의미하지만 여자에게도 쓸 수 있는 말이다. 예전에는 남자를 대표로 생각하는 경우가 많았다. 지금은 사정이 많이 바뀌었지만. 자식이라는 말도 원래는 아들만 의미하는 말이다. 아직도 나이 많으신 분들은 여자들끼리도 형님이라고 한다. 형제라는 말을 할 때는 우리는 피를 나눈 사이라는 말을 한다. 어찌 보면 굉장히 애절한 표현이 아닐 수 없다.

어릴 적 장면 하나가 떠오른다. 동네에서 내가 친구랑 싸움을 했는데 아마도 맞았던 모양이다. 바로 밑에 동생이 지나다 그것을 보고 조그마한 덩치에 동네 형을 이기지는 못하겠고 형이 맞는 건 말려야겠고, 길거리에 있는 돌멩이를 들어서 그 친구의 머리에 던졌다. 친구의 이마에서 피가 나서 친구가 눈물바람을 하며 싸움은 멈췄다. 평소에 바로 밑에 동생이랑 나는 사이가 안 좋을 때도 있었다. 그런데도 자기 형이 다른 사람에게 맞는 건 싫었나 보다. 그런 게 바로 형제자매이다. 그런데 우리는 너무 쉽게 그 고마움을 잊어버린다.

형제 이야기를 하다 보니 부끄러운 기억이 난다. 아직도 그 생각만 하면 동생한테 미안한 일이 하나 있다. 내가 고등학생이었을 때 막냇동생은 초등학생이었다. 그때만 해도 나는 학교 끝나면 집으로 바로 오지 않고 친구들과 한참 동안 어울려서 놀다가 날이 어둑해지면 집으로 오곤 했다. 그날은 어머니가 외출을 했다. 외출하시면서 막내에게 돈을 주면서 말씀하셨다고 한다.

"형 오면 같이 짜장면 사먹어!"

짜장면은 먹고 싶어 죽겠는데 형은 아무리 기다려도 오지 않고……. 동생은 급기야 쪽지를 써놓고 짜장면을 먹으러 갔다.

'형, 짜장면 먹으러 갔다 올게!'

친구들과 실컷 놀다가 집에 돌아온 나는 그 쪽지를 발견하고 화가 났다. 집을 비워놓고 짜장면을 먹으러 갔다는 사실에 분개했다. 화가 머리끝까지 나 있는데 동생이 짜장면을 먹고 왔다. 대문을 들어서는 동생에게 나는 냅다 발길질을 했다.

"이 자식아! 집을 비워놓고 가면 어떡해!"

아직 몸집이 작았던 동생은 꼼짝없이 얻어맞았다. 그때 일이 지금도 잊혀지지 않는다. 그 일만 떠올리면 동생에게 한없이 미안하다. 다행히 동생은 그 일이 기억나지 않는다고 한다. 어린 시절 나의 고마움이었던 형제들을 생각한다면, 내가 그들에게 저질렀던 미안함을 생각한다면, 설령 지금 서운함이 쌓인다고 해

도 눈 녹듯이 사라질 것이다.

　알게 모르게 형제자매 사이가 안 좋은 집들이 많다. 등 돌리면 가장 무서운 게 형제자매이다. 부모님 살아생전에 사이가 안 좋은 형제자매라면 부모님 돌아가시면 더 안 보게 된다. 그나마 부모님 때문에 끈이라도 붙잡을 수 있는 것이다. 부모님 돌아가시기 전에 빨리 관계를 회복해야 한다. 형제는 내 어릴 적 고마운 친구, 이 사실 하나만으로도 못 풀 마음은 없다!
　'섭섭함을 갚아주려고 하지 말라'라는 말이 있다. 특히 가족끼리는 섭섭한 걸 갚아주기 시작하면 끝장이다. 가족끼리는 안 되는데 가족이 아닌 사람들한테는 괜찮다는 말은 아니다. 가족이 안 되면 친구도 안 되고 다른 사람도 안 되는 것이다. 나중에 어떤 후회를 하게 될지도 모르면서 이런 말들을 너무 쉽게 하지는 않는가.
　"안 보고 살면 되지."
　"인연 끊어!"
　세상에 안 보면 되는 사람은 없다. 이때는 나만 생각하는 건 아닌지, 나의 이득만 생각하는 건 아닌지, 그 사람에 대한 배려가 부족한 건 아닌지 생각해보아야 한다. 뒤에 나오는 '사이가 좋다'에서 얘기하겠지만, 사이가 좋으려면 항상 내가 양보하고 상대를 배려해야 한다. 성경에도 '너희 안에 천국이 있다.'라고 했다. 여기서 '안'이라는 말을 '자기 마음먹기'라고 해석하는 경우가 많은데, 원어에서 뜻하는 말은 '너희 사이에 천국이 있다'라는 말이다. 사이가 좋으면 곧 천국을 맛본다는 뜻이다. 사이가 안 좋은 것만큼 지옥이 어디 있겠나.

인사,
사람이 꼭 해야 하는 일

인사人事라는 말은 사람人의 일事이라는 뜻이다. 참 재미없는 해석이다. 사람이 하는 일이 인사라니 뭔가 특별한 해석을 기대한 이에게는 밋밋한 느낌일 것이다. 하지만 달리 생각해보면 사람에게 가장 소중한 일이기에 인사를 사람의 일이라고 했을 것이다.

인사에 관한 이야기를 할 때면 뉴욕주립대학의 박성배 선생님이 들려주신 이야기 하나가 떠오른다. 출가한 지 얼마 안 된 스님이 더 많이 배우고 싶은 욕심에 그 절을 떠나기로 했다. 자신이 아는 게 많지 않다고 생각한 스님은 절을 떠나는 게 엄청 불

안 했다. 그래서 주지스님한테 어떻게 하면 자기가 더 스님처럼 보이겠냐고 물어보았다. 주지스님이 말씀하셨다.

"어디 가서든 늘 먼저 인사해라."

"그리고 일이 있으면 늘 먼저 한다고 해라. 그러면 너를 다 좋은 스님이라고 할 것이다."

스님은 주지스님의 가르침대로 가는 절마다 먼저 인사를 하고, 일이 있으면 먼저 하겠다고 했다. 그랬더니 그 절의 스님들도 신도들도 좋은 스님이라는 칭찬을 아끼지 않았다. 어떤 절에서는 스님은 꼭 있어야 한다며 있어달라는 청을 받기도 했다. 인사만 잘해도 훌륭한 평가를 받을 수 있는 것이다.

나는 이 이야기를 듣고 곰곰이 생각해보았다. 왜 그랬을까? 불교에서는 모든 중생은 다 부처님이다. 모든 부처님을 만나면 다 절을 해야 하는 게 기본적인 자세이다. 인사를 잘한다는 건 모든 사람을 부처님으로 대했다는 뜻이요, 모든 일을 먼저 했다는 것은 좋은 일이든 나쁜 일이든 몸소 실천했다는 거다. 그러니 모든 사람이 좋아할 수밖에 없다. 불교뿐만 아니라 모든 종교에 다 해당되는 말이다.

인사는 사람의 일이라는 뜻이니 사람이면 누구나 해야 하는 일이 인사다. 그런데 인사를 하는 사람들의 태도를 보면 문제가 많다. 상대가 누구냐에 따라 인사하는 태도가 달라진다. 내 반성의 시작은 여기서부터 해야 한다. 모든 사람을 만났을 때 인사를 잘하라는 것은 모든 사람이 중요하다는 뜻이다. 나보다 힘센 사람, 돈 많은 사람, 지식이 많은 사람, 권력이 많은 사람, 높은 사람한테 인사 잘하는 것은 누구나 할 수 있다. 그렇지 않은 사람한테 인사 잘하기가 어려운 거다. 그렇지 않은 사람한테 인사하는 나의 태도를 잘 생각해보라.

나보다 힘이 있는 사람, 높은 사람 앞에서 내 머리는 참 가볍고, 잘 내려간다. 90도도 쉽게 내려간다. 그런데 나보다 힘이 없어 보이고 지위가 낮은 사람한테 내 머리는 참 무겁다는 걸 느낀다. 10도도 잘 안 내려간다. 고개만 까딱하는 경우도 많다. 인사를 하는 나의 태도를 보면 부끄러울 때가 많다.

평생을 살면서 인사만 잘해도 잘 살 수 있다. 인사는 누구나 하는 일이고 매일 하는 일인 만큼 나에게 가장 많은 반성을 하게 한다. 혹여 싫은 사람한테 인사할 때 인사를 하면서 내가 속으로 언짢게 생각하는 것도 가능하면 피해야겠지만, 내가 인사하는 태도만큼은 차별을 두어서는 안 된다.

일도 마찬가지다. 힘든 일은 서로 안 하려고 하고 하기 편한 일만 먼저 하려고 해서 문제가 된다. 힘든 일일수록 먼저 하고 하기 편한 일일수록 나중에 하려는 태도가 중요하다. 또한 자기가 도와줘서 그 사람에게 힘이 된다면 반드시 도와야 한다. 나의 작은 도움이 그 사람에게 큰 도움이 된다면 더더욱 말할 것도 없다. 하지만 우리는 바쁘다는 핑계로 도움을 자꾸 미룬다.

인사는 사람이 꼭 해야 하는 일이다. 이왕이면 만날 때 반갑고 기분 좋은 인사를 했으면 한다. 사람을 차별하지 말고, 오히려 어렵고 힘든 사람에게 더 따뜻한 인사를 건네보자. 인사에도 전염성이 있어서 내가 인사를 하면 다른 사람도 인사를 한다. 나는 아파트 엘리베이터에서 만난 사람들에게 꼭 인사를 한다. 우리 아파트 사람들이 인사를 하는 사람이 점점 많아지고 있음은 우연일까? 우리 동네 사람들은 인사를 잘 안 한다고 말하지만 말고 내가 먼저 인사를 건네보라.

사이가 좋다,
사람과 사람의 중간이 좋다

우리말 중에는 듣기만 해도 기분이 좋아지는 말이 있다. '사이가 좋다'라는 말도 그중의 하나이다. 다른 나라 말에는 이런 표현이 거의 없다. 대개 '두 사람이 좋다, 관계가 좋다'라고 하지 '사이가 좋다'라고는 하지 않는다. 사람과 사람의 중간이 좋다라는 말이 사이가 좋다라는 말이다. 사이라는 말은 틈, 가운데라는 뜻이다. 줄여서 '새'라고도 한다. '어느 새' '그 새'와 같이 사용한다. 우리는 두 사람의 관계가 좋은 경우에 '사이가 좋다'라는 말을 한다.

'사이가 좋다'라는 말은 많은 깨달음을 주는 표현이다. 이 말은 각자가 좋아서는 관계가 좋아질 수 없음을 보여준다. 두 사람의 중간 즉 사이가 좋아야 한다. 각자가 자신의 주장이 강하면 사이는 좋아질 수 없다. 두 사람이 서로 잘난 척을 하면 다시 만나고 싶은 마음이 들지 않는다. 어떤 사람은 만나고 돌아오면 피곤하다. 다시 만나고 싶지 않은 생각이 들기도 한다. 그런 사람하고 밥을 먹으면 꼭 체한다. 모두 자신이 너무 강하기 때문에 일어나는 일이다.

사이가 좋으려면 양보하고 배려해야 한다. 상대의 입장에서 먼저 생각해야 사이가 좋아질 수 있다. 영어의 이해라는 뜻의 'understand'는 아래에 선다는 의미이다. 상대를 이해하려면 잘난 척해서는 안 된다. 겸손한 자세여야 참된 이해를 할 수 있다. 사이가 좋으려면 자기주장이 지나치게 강하면 안 된다. 서로가 서로에게 양보하고, 너무 잘난 척해서도 안 된다. 서로 칭찬하는 것 같아도 자기를 전혀 양보하지 않으면 절대로 사이가 좋아질 수가 없다.

천국과 지옥에 관한 유명한 우화가 있다. 이 우화에서 천국과 지옥은 맛있는 음식이 앞에 잔뜩 펼쳐져 있는 상황은 똑같다. 또한 손에 긴 숟가락이 붙어 있어 혼자서는 절대로 먹을 수 없는 상황도 같다. 하지만 지옥은 음식은 맛있는데 자기만 먹으려고 하니 긴 숟가락으로 떠먹을 수가 없다. 반면 천국에서는 맛있는 음식을 긴 숟가락으로 서로 떠먹여주니까 서로 기쁘게 먹는다. 가령 음식이 입으로 잘 안 들어가도 그 모습이 재미있어서 웃는다. 생각만 해도 천국이다.

이 우화처럼 자신의 이득을 생각하고 자신의 배가 부른 걸 생각하면 절대 사이가 좋아질 수가 없다. 서로가 서로의 배부른 걸 생각하고 서로의 웃음을 생각하면 자연스레 사이가 좋아진다. 자신을 우선으로 생각하지 않으니까. 이렇게 생각한다면 내가 왜 저 사람이랑 사이가 안 좋은지도 금방 알 수 있다. 항상 상대가 문제라고 생각하기 때문에 사이가 안 좋은 것이다. 저 사람이 항상 자기 고집을 피우니까, 자기 이득만 생각하니까라고 생각하기 때문이다. 그런데 상대도 똑같이 생각한다. 지옥에서 내 숟가락으로 나만 먹으려고 한 것처럼 상대도 똑같이 그랬을 테니까. 사이가 안 좋으면 살아도 지옥이다.

인간人間의 간이 사이 간間이라는 것도 눈여겨볼 만하다. 중국에서는 인간을 칭할 때 인人 자만 쓴다. 우리나라와 일본에서는 인간人間이라고 하는데, 인생세간人生世間, 즉 사람과 사람이 살아가는 세상사이라는 말이 바뀌어 된 거라고 한다. 사이가 중요함을 보여주는 단어라고 할 수 있다. 우리는 무의식중에 사람 사이 속에 산다. 인간이니까.

의사소통,
마음이 서로 소통하는 것

소통은 서로 통한다는 의미이다. 따라서 의사소통이라는 뜻은 즉 마음이 서로 소통하는 것이다. 단순히 의미만 알아차린다고 의사소통이 되는 것이 아니라는 의미이다. 참된 의사소통을 하지 않으면 말은 공허한 울림에 불과하다.

우리말에는 말과 소리가 있다. 소리는 말이 아니다. 판소리, 노랫소리, 소리꾼처럼 노래를 소리라고 하는 경우도 있지만, 가장 대표적인 말이 잔소리, 헛소리이다. 소리는 의사소통이 되지 않은 말을 가리킨다.

"말 같은 소리를 해라."

"헛소리 하지 마!"

이 말은 소리를 하지 말고 말을 하라는 의미이다. 나는 열심히 말을 했는데 이런 말을 듣는다면 내 존재가 무시당하는 기분이 들 것이다. 하지만 말은 서로의 감정이 통할 때 의사소통이 이루어진다. 감정이 통하지 않으면 그냥 소리에 불과하다. 서로가 서로의 말을 들을 자세가 되어 있어야 말이 된다. 내가 아무리 말을 해도 상대가 그 말을 들을 준비가 되어 있지 않다면 그 사람한테는 소리로 들린다. 잔소리가 왜 잔소리이겠는가? 이 말은 참 아픈 말이다. 부모는, 선생님은, 형이나 언니 오빠는 다 잘되라고 하는 말인데 듣는 사람한테는 소리로 들리니 답답한 일이다. 그래서 내가 하는 말이 상대에게 소리인가 말인가를 잘 생각해봐야 한다. 들을 수 있는 상황을 만드는 것이 중요하다.

기독교의 성경을 보면 바벨탑 이야기가 나온다. 하늘에 닿고 싶은 욕망으로 인간들은 높은 탑을 세운다. 하나님이 이걸 보시고 진노하셔서 인간들의 언어를 다르게 만들어버렸다. 이후로 말이 안 통하는 인간들은 모두 뿔뿔이 흩어졌다는 이야기이다. 이 이야기를 듣고 모두 같은 말을 쓰다가 어떻게 하루아침에 다른 말을 쓰나 하는 의문을 품는 사람도 있을 것이다. 그런데 여기서 '하나님'을 우리 모두 '공감할 수 있는 진리'라고 생각해보자. 그랬을 때 바벨탑을 쌓는 행위는 진리에 반하는 행위이다. 하나님의 말씀에 어긋난다는 것은 우리가 서로 공감할 수 없는 말을 한다는 것이다. 이런 경우에는 서로 같은 말을 해도 통하지 않는다. 서로 말이 통하지 않으니 자연스레 흩어지게 된다. 말이 안 통하는 사람과 같이 먹고, 일하기는 참 어렵다.

인간들의 말이 달라졌느냐 아니냐의 문제보다 진리에 맞지 않는, 서로 공감할 수 없는 이야기를 하면 같이 있을 수가 없고 흩어질 수밖에 없다는 것을 보여준다. 의사소통에서 가장 중요한 것은 공감이기 때문이다. 공감의 기본 바탕은 상대의 말을 들을 자세가 되어 있는가 하는 것이다.

성경에 의사소통에 대한 이야기가 하나 더 나온다. 오순절의 기적으로 바벨탑 사건과는 반대이다. 간단히 이야기를 하자면 예수님이 돌아가시고 오순절에 서로 말이 안 통하던 사람들이 갑자기 말이 통하게 되는 사건이다. 서로 다른 언어를 쓰던 사람들이 하루아침에 말이 통한다면 믿을 수 있겠는가? 어떤 사람들은 말도 안 된다고 생각하고, 어떤 사람들은 하나님이 하시는 일이니 가능하다고 말하는 사람들도 있을 것이다.

이 사건을 나는 이렇게 생각해본다. 한국 사람은 한국말을 하고 미국 사람은 영어로 말을 하는데도 통할 때가 있다. 서로의 진심을 알고 있을 때이다. 서로 진리를 말하고 있을 때이다. 사람답게 사는 이야기로 마음이 통하면 언어는 문제가 되지 않는다. 오히려 어떨 때는 한국 사람들이 한국말로 이야기하는데도 무슨 말을 하는지 모를 때가 있다.

"쟤는 도무지 말이 안 통해."

이게 바벨탑 사건이다. 반대로 이런 경우도 있다.

"외국 사람과 나는 서로 말이 안 통하는데도 몇 시간 동안 이야기했어."

이건 굳이 말하자면 오순절의 기적이다. 이러한 일들이 과학적으로 맞는지 아닌지를 따지기 전에 의사소통은 서로 공감하고 이해하는 것이라는 것을 알자. 부정적인 것들이 아니라 참다운 진리, 순리에 대한 것이다. 그러니까 의사소통은 언어의 문제가 아니라 언어 이상의 문제이다. 말로 하지 않아도 알 수 있는 게 가장 좋은 의사소통이다. 의사소통에서는 마음이 제일 중요하고 그 다음이 말이다.

가짜,
나를 속이면 늘 거짓

가짜라는 단어는 좀 특이하다. 한자로 읽으면 '가자'라고 해야 할 것 같은데, 강조의 느낌을 담아서 '가짜'라고 했다. 당연히 가짜는 한자어이다. 진짜도 마찬가지다. 우리가 쉽게 이해할 수 있는 단어로는 '타짜'나 '초짜'가 있다. 모두 한자 뒤에 '짜'가 붙었다. 어쩌면 '사람'이라는 뜻이었을 수도 있겠다.

가짜의 고유 표현은 '거짓'이다. 우리 선조들은 무엇을 거짓이라고 보았을까? 완전히 사실이 아닌 것을 거짓이라고 보았을까? 어원적으로 본다면 거짓은 '겉'과 관련이 된다. 거죽이나 가죽, 껍질, 꺼풀, 껍데기 등이 모두 같은 계통의 어원에서 출발한 것으로 보인다. 속과 다른 행동, 모습을 거짓이라고 본 것이다.

나를 속이면 늘 거짓이다. 내가 고등학교에 다닐 때 유명 메이커의 신발이나 옷을 입는 게 유행이었다. 그때는 교복이 처음 자율화되고 사복을 입기 시작한 때이기도 했다. 교복만 입을 때는 옷을 고르는 걱정이 없었는데 사복을 입으면서 많은 경쟁이 일어났다. '유치하게 옷을 가지고!'라는 생각을 했지만 실제로 무척이나 신경이 쓰였던 모양이다.

나는 부모님을 졸라서 용돈을 받아 친구들과 짝퉁 옷을 사러 간 적이 있다. 왠지 죄를 짓는 마음이었다. 가짜를 사서 입으면 마음이 편할까 하는 걱정도 들었다. 하지만 그렇게 해서라도 다른 아이들과 수준을 맞추고 싶은 생각에 청바지를 사서 집에 돌아왔다. 다음에 아이들과 모임이 있을 때 그 청바지를 입고 나갔다. 그런데 다른 아이들은 이미 그 옷이 가짜라는 것을 알고 있는 듯했다. 왠지 수군거리는 것 같은 느낌을 받았다. 창피했다.

나를 속이고 남을 속이는 것은 쉬운 일이 아니다. 거짓인 줄 알면서 행동하는 것은 부끄러운 일이다. 그 이후에 그 청바지를 얼마나 오래 입었는지는 기억이 잘 나지 않는다. 하지만 거짓이라는 말, 가짜라는 말만 나오면 그 바지가 생각나는 것으로 봐서 그때의 기억이 무척 깊게 자리하고 있는 듯하다.

시간이 지나면서 나는 더 이상 가짜 청바지나 가짜 신발 등은 사지 않게 되었다. 나를 치장하는 물건은 더 이상 가짜가 아니었다. 그런데 늘 여러 가지가 찜찜했다. 겉치장은 가짜가 아닌데 내 태도는 거짓이 많아졌다는 느낌이 든다. 사람을 겉으로만 반가워하고, 겉으로만 아껴주고, 겉으로만 걱정한다. 가식적이다. 나는 내 속마음을 들키지 않기 위해서 노력한다. 이렇듯 겉으로 드러난 모습에 신경을 쓰면서 나를 속이고 있다는 생각에 답답함도 느끼게 된다. 오히려 부끄러워했던 어릴 때 모습이 그립다.

진짜의 순우리말은 '참'이다. 어원에 대해서는 여러 주장이 있지만, 나는 '차다'와 관계가 있지 않을까 생각한다. 알맹이가 꽉 찬 모습이 '참'이라는 생각이 든다. 겉으로 드러난 모습이 아니라 속이 차 있는 모습이 진짜인 것이다. 우리는 쉽게 겉을 꾸미려고 한다. 겉이 중요한 것은 속이 겉으로 드러나기 때문이다. 그런데 자꾸 속은 생각하지 않고 겉모습에만 신경을 쓰니 거짓이 되는 거다. 내 겉모습은 참인가, 거짓인가? 진짜인가, 가짜인가?

미소,
그 다음 표정이 더 중요

　웃음과 울음은 원래 같은 것이다. 이렇게 말하면 많은 사람들이 믿지 않는다. 우리가 너무 기쁠 때는 웃음이 나기도 하지만 우는 경우도 많다. 반대로 너무 슬플 때는 울기도 하지만 너무 어이없어서 웃기도 한다. 웃음과 울음은 '소리를 내다'라는 뜻으로 어원이 같다. 그리고 이 웃음과 울음은 인간의 본능이지 누가 시켜서 하는 게 아니다. 물론 악어의 눈물도 있기는 하다. 눈물 흘리며 거짓말하는 사람은 아무도 못 당한다. 하지만 아무나 할 수 있는 게 아니다. 내가 아는 사람 중에 거짓말을 할 때 눈물을 흘리는 사람이 있었는데, 사람들은 거짓말처럼 생각하면서도

늘 속았다. 아버지가 아프시다고 눈물을 흘리면서 돈을 빌리는
데 안 빌려주는 사람이 없었다.

    같은 웃음이지만 미소는 좀 다르다. 미소라고 하면 자연스러
운 웃음이기보다 조금은 인위적인 느낌이 있다. 미소를 지은 다
음에 나타나는 그 사람의 표정을 한번 보라. 미소가 가신 다음의
얼굴은 아주 싸늘하다. 때에 따라서는 가식적인 느낌도 있다. 그
래서 미소는 웃음 짓는 순간보다 그 다음의 표정이 더 중요하다.
미소가 아름다운 사람은 미소의 지속 시간이 긴 사람이다. 이 글
을 읽는 동안 계속 미소를 지어보라. 얼마나 어려운 일인지 알
수 있을 것이다.
    어떤 사람과 좋은 관계를 맺고 있을 때는 입가에 미소가 가시
질 않는다. 그 사람 생각만 해도 흐뭇하고 좋아서 미소가 절로
머금어진다. 누군가를 생각하면 입가에 미소가 도는 사람이 많
을수록 좋은 거다. 이런 모습을 우리는 싱글벙글한다고 말한다.
'싱글벙글'의 느낌에는 '싱그러움'이 있다. 왠지 기분 좋아 웃음
이 끊이지 않는 느낌이다. 미소를 짓고 있으면 "무슨 좋은 일이
있어?"라는 질문도 자꾸 받는다. "사랑하는 사람이 생겼나봐?"
라는 말도 듣게 된다. 실제로도 좋은 일이 있거나 사랑을 시작한
경우에 미소가 가시지 않는다.

한편 미소는 나에게 반성을 주기도 한다. 가끔 누군가를 만나고 내 입가에 미소가 얼마나 빨리 사라지는지를 생각해본다. 반대로 다른 사람들은 나를 만날 때 그 사람의 입가에 미소가 빨리 사라지는지 오래 머무는지를 본다. 나의 미소, 상대의 미소를 보면 그와 나의 관계를 알 수 있다. 여러분도 미소가 사라지는 속도를 살펴보라. 놀라운 장면을 목격하게 될 것이다. 정말 순식간에 미소가 사라지고 무표정한 모습이 된다. 아무 감정도 남아 있지 않다.

미소는 웃음 짓는 순간보다 웃음 뒤가 더 중요하다. 꾸며낸 웃음이 아니라 진짜 웃음을 지을 수 있게 더 많은 노력을 해야 한다. 때로는 연습도 필요하다. 웃음은 웃겨서 웃는 경우도 있지만 웃다 보면 더 웃게 되기도 한다.

고맙습니다,
미안합니다

고마움을 표현하는 것은 우리 삶에서 매우 중요하다. 하지만 단순히 형식적으로 인사를 한다면 아름다움은 적다. 우리말에서 고맙다는 말에는 귀한 뜻이 담겨 있었다. 우리는 아이가 말을 배우기 시작할 때부터 열심히 교육을 시킨다.

"할아버지가 용돈을 주시네, 뭐라고 해야 하지?"

"옆집 누나가 먹을 것을 가지고 왔네. '고맙습니다' 해야지."

그러면 아이들은 자동적으로 "고맙습니다"라고 한다.

우리가 어렸을 때부터 친숙한 이 말의 의미를 알고 쓰는 사람이 얼마나 될까. '고마'의 어원은 '존경하다'라는 말이다. 그러니까 "고맙습니다"라고 할 때는 마음속에 상대를 존중하는 마음이 있어야 한다. 이게 우리말 속에 담긴 기본적인 생각이다. 그런데 지금 우리는 이 말을 너무 형식적으로 사용하는 것은 아닌지 생각해봐야 한다. "고맙습니다"라고 할 때는 상대가 나에게 잘해줬기 때문에 존경의 마음을 담아서 표현해야 한다.

'고맙습니다'가 순우리말이라면 '감사합니다'는 한자어인데, 고맙습니다를 다른 나라 말로 번역을 하다 보면 이 말에 담긴 의미가 더욱 다가온다. 고맙습니다는 일본말로 '아리가도우 고자이마스 ありがとうございます'이다. 그런데 일본 사람들은 "아리가도우 고자이마스"라고 해야 할 상황에서 "미안합니다 すみません"라고 하는 경우가 많다.

내가 가르치고 있는 일본 학생들도 그런 경우가 많다. 그런 학생들을 볼 때면 나는 '고맙습니다가 미안합니다와 같은 뜻이구나!' 생각한다. 동생한테 심부름을 시키고 친구한테 부탁을 한다. 이때 하는 "고마워!"는 마음속으로는 미안함을 동시에 가져야 하는 표현이다.

죽음을 앞둔 남편이 남겨진 부인에게 하는 말이 있다.
"여보, 그동안 정말 고마웠소!"
"나 때문에 정말 고생이 많았소!"

이 말 속에는 절절한 미안함이 있다. 이때가 바로 고맙다와 미안하다가 동의어인 경우이다. '내가 당신 도움을 많이 받았는데 좀 더 잘해줬더라면 좋았을걸!' 하는 마음이 절절하게 배어 있다.

부모가 자식한테 고맙다고 하는 아주 인상 깊은 장면이 하나 있다. 자식이 공부를 잘해서 명문대에 갔거나 큰 성공을 거두었을 때가 아니다. 장애를 가졌거나 불치병에 걸린 아이한테 부모가 하는 말이다.

"내 아들, 딸로 태어나줘서 고마워."

이 말 속에는 부모로서 미안함이 절절하다. 부모의 미안함과 고마운 마음이 아프게 다가온다.

"널 건강하게 낳아줬어야 하는데……."

"내가 너를 더 지켜주었어야 하는데……. 엄마라는 사람이 아빠라는 사람이 그러지 못했구나. 그런데도 이렇게 잘 자라주고 있어서 고마워."

고맙다는 말은 이런 거다. 그런데 우리는 너무 쉽게 "고마워!" 한마디 하고 끝나는 건 아닌지. 나 때문에 수고를 한 사람한테 미안함이 없는 고마움이라면 제대로 된 고마움이 아닌 것이다. 고맙다는 말을 할 때 혹시 이 상황이 미안한 것은 아닌지 늘 고민해야 한다. 그러면 세상이 더 아름다워질 수 있다.

생각해보면 고마운 일이 참 많지 않은가? 내 주변의 가족들, 친구들, 이웃들……. 때로는 햇볕도 고맙고, 바람도 고맙다. 꽃도 새 소리도 반갑고 고맙다. 고마운 게 많으면 행복해진다.

미안하다,
편하지 않은 마음

우리는 잘못을 저지르면 어찌할 바를 모른다. 발을 동동 구르고, 식은땀이 나고 말도 제대로 하지 못한다. 이런 모습이 바로 '미안한' 상태이다. 그런데 어떤 경우에는 미안하다고 하는 말에서 진정성이 전혀 느껴지지 않을 때도 있다. 억지로 형식적으로 마지못해 하는 사과에는 '불편함'이 느껴지지 않는다.

'미안하다'는 말은 풀이하면 '편하지 않다'라는 뜻이다. 기분이나 마음이 좋지 않다는 의미가 담겨 있다. 그런데 한국어에서는 주로 잘못했다는 의미로 사용한다. 용서해달라는 말을 덧붙이기도 한다. 하지만 미안하다는 말을 할 때는 우선 말을 하는 사람의 마음이 불편해야 한다. 그래야 진심이 전달된다. 우리는 종종 이런 쉬운 진리를 잊는다.

그러니 '미안하다'라는 말도 아주 잘 써야 한다. 전혀 불편해 보이지 않는 모습으로 입으로만 '미안하다'라고 해서는 안 된다. 미안하다는 정말 마음이 불편할 때 해야 하는 것이다. 이런 경우 영어에서는 "아임 소리I'm sorry"라고 한다. 이것을 번역하면 이런 느낌이다.

"마음이 너무 불편하다."

이런 장면을 상상해보자.

"How is your mother?"

"She's dead. Last month."

그때 흔히들 말한다.

"I'm sorry to hear that."

이 말을 "그런 말을 듣게 되어 미안하다"라고 번역하면 진짜 이상한 말이다. 그럴 때는 이렇게 번역해야 한다.

"그런 말을 들으니 마음이 너무 안 좋다."

'I'm sorry'는 이런 느낌이다.

우리나라 사람들은 정말 마음이 불편할 때는 말을 아예 안 하는 경우가 많다. 부모를 여읜 지인의 상갓집에 갔을 때 우리나

라 사람들은 대개 그 사람 손만 붙잡고 아무 말도 하지 못한다. '미안하다'라는 말로는 도저히 표현할 수 없는 마음이라는 것이다. 사회생활을 하는 분들이라면 이런 경험 한두 번쯤 있지 않을까 한다. 이 장면처럼 미안한 상황일 때는 '미안하다'라고 말을 하는 것도 중요하지만, 그 전에 그런 마음을 가지는 게 먼저라는 것을 기억했으면 한다.

한국 사람은 미안하다는 말을 잘 안 한다. 외국인들이 한국 사람에게 기분 나빠 하는 것도 미안하다는 말을 하지 않아서 생기는 일인 경우가 많다. 길이나 지하철에서 서로 부딪혔을 때도 한국 사람들은 미안하다고 하지 않는 경우가 종종 있다. 사실 한국 사람들은 작은 일에는 미안하다고 하지 않는다. 물론 심한 경우에는 당연히 미안하다고 사과한다.

하지만 이런 말을 안 하는 것도 문화이다. 한국 사람은 미안함을 말이 아니라 마음으로 표현하려고 한다. 감정이 전달되기를 원하는 것이다. 미안함은 사실 감정의 문제이다. 미안하다면 정말로 마음이 불편해야 한다. 그 불편한 마음은 굳이 말을 하지 않아도 전달이 된다.

내가 고등학교 다닐 때 한 선생님은 '미안합니다' '죄송합니다'라는 말을 하면 혼을 내셨다. 보통은 미안하다고 안 하면 야단을 치는데, 그 선생님은 반대로 하셨다. 그러면서 늘 "미안한 일은 하지 마라"라고 말씀하셨다. 나는 지금도 그때 생각을 한다. 미안한 일을 하지 않으려고 노력하고, 다른 사람을 아프고 슬프게 하지 않으려고 애쓴다.

친구,
좋은 친구를 사귀기에 늦은 때란 없다

친구, 우리 인생에 많은 영향을 미치는 소중한 존재이다. 친구만 잘 사귀어도 인생의 반은 성공한 거나 마찬가지라고 한다. 어떤 친구가 좋은 친구일까? 나는 과연 내 친구들에게 좋은 친구일까, 나쁜 친구일까?

좋은 친구를 사귀기에 늦은 때란 없다. 많은 사람들이 어릴 때 사귄 친구가 좋은 친구라고 생각하고 있다. 죽마고우竹馬故友, 어릴 때부터 나의 장단점을 보아왔던 친구들인 만큼 그 나름대로 의미가 있다고 생각한다. 하지만 새로운 친구를 만나는 데 한계를 만드는 편협한 생각일 수도 있다는 것을 놓쳐서는 안 된다.

오래된 친구도 의미가 있지만 늘 새로운 친구를 만나려는 노력도 중요하다.

친구는 어떤 친구가 좋을까? 우리말에 여기에 대한 답이 있다. 우리는 친구끼리 잘 어울린다는 말을 한다. 어울린다는 말은 두 가지 의미가 있다. 하나는 조화를 이룬다는 뜻이고 다른 하나는 사귄다는 의미이다. 두 의미를 연결해보면 친구의 정의가 된다. 잘 어울리는 친구끼리 사귀면 된다. 자신을 지나치게 강조하고, 친구를 무시하면 당연히 좋은 친구가 될 수 없다. 친구는 어울려야 한다.

엄마들은 자식 잘못 되면 친구 잘못 사귀어서 그렇다고 말한다. 이 말도 우습기는 하지만 진실이다. 자신의 아들과 그 친구가 조화를 이루었기 때문이다. 잘 어울려서 문제가 발생한 것이다. 어울리지 않는 사람들끼리는 같이 안 논다. 당연히 친구가 잘못된 것도 내 아들의 책임이 크다. 한쪽만 잘못하는 게 친구 사이에서는 성립이 안 된다.

이런 의미에서 본다면 나와 어울리는 친구를 만나 서로 발전하게 되는 게 가장 좋다. 발전하기 위해서는 서로의 좋은 점을 배워야 한다. 친구 셋이 있으면 그 중에 스승이 될 만한 사람이 있다는 말도 있다. 서로의 장점을 배우면 서로 더 어울리고 더 좋아진다. 서로의 단점을 고쳐주고 서로의 슬픔을 위로해주는 사이여야 더 잘 어울린다.

이런 좋은 친구는 내 인생 굽이굽이 어디에서 만날지 모른다. 좋은 친구를 만나기 위해 내 마음을 항상 열어놓아야 한다. 지금 내가 만나는 친구는 누구인지, 앞으로 만나는 친구들은 누구인지에 대해 평소에 생각해보아야 한다. 중고등학교 친구는 사춘기를 지나는 청소년기라는 점에서 너무나도 중요하다. 대학에서 만난 친구는 전공을 배우고 사회로 나가는 때라는 점에서 참 귀한 사람이다. 사회에 나가서, 직장을 다니면서 만나는 친구도 당연히 귀함이 있다. 친구는 평생을 찾으며 만나야 하는 사람이다. 마음의 빗장을 확 열어두어야 새로운 친구를 만날 수 있다.

'사회에서는 진정한 친구를 만나기 힘들 거야, 어린 시절 순수할 때 만났던 친구가 진짜일 거야.'

여기에 생각을 묶어두고 있다면 새로운 좋은 친구를 만나기 힘들다. '커서는 좋은 친구를 만나기 힘들 거야!' 하는 태도가 문제이다. 항상 주위를 돌아보며 좋은 친구를 사귀려고 노력하는 자세가 필요하다. 그런데 주변 사람들을 보면 새로운 친구 사귀는 데 마음을 닫고 있는 사람들이 많다. 나이를 먹을수록 그런 사람들이 많다.

우리말에 '가시버시'라는 말이 있다. '부부'라는 고유어인데 '가시'는 부인을 뜻하고 '버시'는 남편을 뜻한다. 나는 이 '버시'의 어원이 '벗'이라고 본다. 그러니까 어원으로 보자면 '버시'인 남편은 부인의 영원한 벗이 되어주어야 한다. 마찬가지로 부인도 남편의 좋은 벗이어야 한다. 인도에는 '샤크티'라는 말이 있다. 배우자를 나타내는 표현인데 '삶의 활력소, 에너지'라는 의미도 갖고 있다. 나는 남편이나 아내 그리고 친구는 '샤크티'여야 한다고 생각한다. 친구는 늘 서로에게 활력소이자 에너지여야 한다. 나는 친구들에게 활력소인가?

셋째 장

하루하루
자라나다

학문,
틈만 나면 물어보다

공부 잘하는 걸 싫어하는 사람은 없다. 공부를 잘하려면 학문이라는 말을 잘 봐야 한다. 학문이라고 하면 많은 사람이 '글공부하는 사람'이라고 생각하지만, 학문의 한자가 배울 학學, 물을 문問이다. 그러니까 학문은 배우고 묻는다는 의미이다. 배우기만 해서는 학문이 안 된다. 배우고 반드시 물어야 한다. 누구나 배우고 묻기만 한다면 학문을 하는 것이다. 고귀하고 특별한 사람만 학문을 한다고 생각하고 내 일이 아니라고 여기지만, 학문은 모두가 하는 일이다. 반면, 학문을 하는 사람이 질문이 많지 않으면 그 사람은 학문을 하는 사람이 아니다. 항상 의문을 갖고 대상을 바라봐야 한다.

그러니까 공부를 잘하고 싶은 사람은 질문이 많아야 한다. 단지 성적이 좋다고 공부를 잘하는 게 아니다. 선생님의 수업을 들으면서 오늘은 무엇을 질문할까 찾아야 한다. 질문이 없는 날은 많이 배우지 못한 날이다. 질문이 없는 강의도 좋은 강의가 아니다. 학생들의 궁금증을 이끌어내야 하고, 질문하고 싶은 편안한 분위기를 만들어줘야 한다.

학생 중에서 질문이 없는 학생은 제일 안 좋은 학생이고, 선생님 중에서 학생의 질문에 대답을 잘 안 해주는 선생님이 제일 안 좋은 선생님이다. 학생이 질문이 많으면 선생님도 배우는 것이 많다. 다시 생각해보는 시간이 많아진다. 수업에서 학생만 배우는 것이 아니다. 선생님도 배운다. 그래서 나는 가르치는 사람이라는 뜻인 '교수, 교사'보다는 '학자'라는 말을 좋아한다. 학자는 배우는 사람이라는 의미이다. 평생 궁금증을 가지고 배우는 사람이 학자이다.

공부를 더욱 잘하고 싶은 사람은 좋은 질문을 많이 하면 된다. 단순히 몰라서 물어보는 것은 일차원적인 질문이다.

"이거 무슨 뜻이죠?"

뜻을 모르면 사전 찾아보면 다 나온다. 그보다는 이런 방식의 질문을 추천한다.

"저는 이렇게 생각하는데, 제 생각이 맞는 건가요?"

나는 중학교 때부터 시집을 많이 읽었다. 이상화 선생의 〈빼앗긴 들에도 봄은 오는가〉 시를 읽다가 〈나의 침실로〉라는 시를 알게 되었다. 이 시에 '마돈나'라는 말이 나왔다. 나는 국어 시간에 선생님께 질문을 했다.

"선생님 마돈나는 어떤 느낌인가요? 제가 볼 때는 사랑하는 감정을 보여주고 있는 것 같은데 다르게 해석할 수도 있나요?"

그때 선생님께서 말씀하셨다.

"거기서 마돈나는 국가나 민족, 조국으로도 해석할 수 있다."

〈빼앗긴 들에도 봄은 오는가〉와 함께 놓고 보니 그럴 가능성이 높겠다고 생각했다. 질문은 이런 것이다. 내가 생각하는 것과 선생님이 생각하는 것이 어떻게 다른지를 보면서 '아 그렇구나!' 깨닫는 것이다. 자신이 먼저 고민해보고 그것이 해결이 되지 않을 때 선생님께 물어보는 것이다. 예습이 고마운 것은 좋은 질문을 할 수 있게 해주기 때문이다. 가끔은 정답이 없는 질문도 있다.

'인생은 행복한가? 고통스러운가?'

여기에 대한 정답은 없다. 가끔 선생님들이 "내 답도 정답은 아니야"라고 하는 경우도 있다. 그런데도 여러 사람의 의견을 듣다 보면 자기 안에서 정답이 구해질 때도 있다. 선생님을 믿어야 하지만 선생님의 말씀을 절대적으로 믿어서는 안 된다. 선생님의 말씀이 가끔 틀릴 때도 있기 때문이다. 그리고 답은 스스로 내려야 하는 경우도 많기 때문이다.

학문은 선생님에 대한 믿음에서 출발하고, 인류의 위대한 스승들은 자신의 말에 계속 질문을 하는 제자를 좋아한다. 경전의 대부분이 문답으로 되어 있는 것도 이 때문이다. 《논어》를 보면 '자 왈'로 시작한다. 공자에게 물었더니 이렇게 대답하셨다는 것이다. 불경은 〈여시아문如是我聞〉이라고 하여 '나는 이렇게 들었다'라는 말로 시작한다. 〈성경〉의 '예수님 가라사대'도 마찬가지다. 예수님이 말씀하셨다는 말이다. 소크라테스가 독약을 받고 죽기 직전에 탄생한 《파이돈》도 마찬가지다. 죽음을 앞둔 소크라테스는 제자들에게 내가 죽기 전에 빨리 질문을 하라고 말한다. 제자들도 스승님이 돌아가시면 더 이상 물어볼 수 없으니까 많은 질문들을 한다. 자살에 대한 이야기, 인생에 대한 이야기, 사랑에 대한 이야기 등 풀 수 없는 문제들은 다 물어보았다. 소크라테스와 제자들의 질문과 답변을 모은 책이 바로 《파이돈》이다.

이런 스승과 제자들의 문답의 과정이 학문의 과정이다. 이 책을 보는 학생들에게 학문은 배우고 반드시 질문하는 것이라고 강조하고 싶다. 배운다는 뜻의 학습이라는 말도 참 좋은 말이다. 논어의 첫 구절에 나온다.

　'학이시습지는 불역열호아學而時習之 不亦悅乎'

　학이시습學而時習의 뜻은 '배우고 때때로 익히면'이다. 그런데 나는 여기서 '시時'를 잘못 풀이했다고 생각한다. 때때로가 아니라 '틈만 나면'으로 해석해야 한다고 본다. 그러니까 '배우고 틈만 나면 해보려고 하는 것'이다. 여기서 습習은 날개 익羽에 흰 백白인데 흰 백은 햇빛, 태양이다. 어린 새가 날기 위해 날갯짓을 틈만 나면 해보는 것이다. 그러다 어느 날 날 수 있게 된다. 이것이 학습이다. 그러니까 공부를 잘하는 최고의 비결은 궁금증을 품으면서 틈만 나면 해보려고 연습하고 선생님을 믿고 열심히 질문을 하는 것이다. 그러면 어느새 하늘을 날게 된다.

스승,
모든 사람에게 배울 게 있다

우리말의 스승은 원래 '무당'이라는 뜻이었다. 왜 스승이 무당이었을까? 지금의 무당을 떠올리면 잘 연결이 되지 않을 것이다. 하지만 예전의 무당, 제사장의 모습을 떠올리면 스승의 모습과 역할이 느껴진다. 예전에 무당이라는 사람들은 지혜를 가르쳐주고, 병을 고쳐주고, 우리의 아픈 이야기를 들어주는 사람이었다.

나는 현재의 스승도 그래야 한다고 본다. 아니, 스승은 늘 그러려고 노력해야 한다. 학생의 잘못을 호되게 야단치지만 왜 그런 잘못을 했을까 하는 고민이 적다. 어디가 아픈지, 집에 무슨 일이 있는 것은 아닌지, 정말 공부가 너무나도 싫은 것은 아닌지.

스승은 살펴야 할 일이 참 많다. 그래서 스승이라는 말은 선생이라는 말에 비해 무겁게 다가온다.

군사부일체란 무슨 뜻일까? 임금과 스승과 아버지는 하나라는 의미인데, 사실은 선생님을 위해서 주로 사용하는 말이다. 선생님을 부모처럼 생각하라는 의미이다. 나는 이 표현을 볼 때마다 가슴 한 편이 찔린다. 선생을 부모처럼 생각하라는 의미는 달리 말해서 학생을 자식처럼 생각하라는 말도 되기 때문이다. 스승과 제자가 부모와 자식 같다면 얼마나 행복할까? 부모는 자식을 포기하지 않는다. 선생님도 학생을 포기하면 안 된다.

제자弟子라는 말은 지식이나 덕이 있는 분에게 배우는 사람이라는 뜻이다. 이 말 역시 나를 뜨끔하게 만드는 말이다. 선생님들은 쉽게 이 학생이 내 제자라는 말을 하지만 이 말을 하려면 덕이 있어야 한다. 선생 노릇하기도 참 쉽지 않다. 선생이 되려면 학생을 자식같이 생각하고, 덕도 갖추고 있어야 한다.

그러면 제자 되기는 어떨까? 제자 되기도 만만한 일이 아니다. 제자는 선생님의 인정을 받아야 한다. 그래서 사극을 보면 "제자로 받아주십시오"라고 애원하는 장면이 나온다. 스승님은 쉽게 제자로 받아들이지 않고, 몇 가지 시험을 하곤 한다. 제자 되기가 쉬운 게 아니다. 예수님도 열두 명의 제자만 있었다. 평생 제자를 두지 않는 경우도 있다. 스승이 되기도 제자 되기도 쉬운 일이 아니다.

좋은 제자가 되기 위해서도 노력이 필요하다. 늘 선생님께 기대서는 안 된다. 좋은 제자는 좋은 질문도 많아야 하고, 선생님에 대한 믿음도 있어야 한다. 선생님은 제자의 미래를 밀어줘야 하고, 제자는 선생님을 신뢰해야 한다. 그래야 올바른 사제 관계가 된다.

그런데 재미있는 것은 우리나라에 선생님이 엄청나게 많다는 것이다. "선생님!" 하고 길에서 부르면 절반은 뒤를 돌아본다. 자기를 부른 게 아닌가 하고 돌아보는 것이다. 실제로 직업이 선생님인가 하면 그렇지도 않다. 아니 선생님은 사실 거의 없다. 그냥 선생님이라고 부른다. 예전에는 선생님이라는 호칭보다는 사장님이라는 호칭이 많았다. 경제 발전기의 상황을 보여준다고 할 수 있겠다.

한번은 택시를 탔는데 "선생님 어디까지 가세요?" 하기에 내가 선생인지 어떻게 알았는지 놀란 적도 있다. 물론 그때의 선생님도 학생을 가르치는 사람이라는 의미가 아니었다. 우리나라 사람은 모르는 사람을 부를 때 주로 선생님이라고 한다. 왜 선생님이라고 부를까? 좋게 생각하자면 서로에게 배우려는 마음이 나타나 있다고 할 수 있다. 서로 선생님이라고 부르다 보면 아무래도 태도도 조심하게 된다. 서로에게 배울 점이 없는지 늘 살피게 되는 것이다. 물론 그렇지 않은 사람이 많다는 것도 알고 있다. 하지만 선생님이라고 부르는 마음을 조금만 더 생각한다면 세상이 더 아름다워지지 않을까 한다. 모든 사람에게 배울 점이 있다. 따라서 모든 사람은 내 선생님이다.

예쁘다,
보호해주다

　훈민정음에 '어린 백성을 어엿비 여겨~'라는 말이 나온다. 세종대왕이 어여쁘게 생각하는 백성들이 제 나라 말을 읽고 쓸 줄을 모르는 것을 안타깝게 여겨 한글을 만들었다는 내용이다. 여기서도 알 수 있듯, '예쁘다'라는 말은 예전에는 '어엿브다'였다. 그런데 이 '어엿브다'는 '예쁘다'는 뜻과 함께 '가엾다'는 뜻이 있었다. 세종대왕이 훈민정음에서 어리석은 백성을 '어엿비' 여긴다고 했는데, 이때의 뜻이 '가엾게'였다.

　예쁜 것과 가여운 것은 무슨 연관성이 있을까? 조금 생각해보면 답을 찾을 수 있다. 예쁜 것과 아름다운 것은 다르다. 예쁜 것은 보호하고 싶은 마음이 든다. 꽃이 예쁘다면 함부로 꺾으면 안 된다. 예쁜 아이를 보면 귀여워해주고 보호해주어야 한다. 예쁜 것을 보면 왠지 안쓰럽다. 아기들을 보면 다칠까봐, 아플까봐, 넘어질까봐 걱정이 된다. 예쁜 것을 볼 때 느끼는 감정 속에는 가여운 마음도 담겨 있다.

불면 날아갈세라, 쥐면 터질세라 아이를 예뻐하고 걱정하는 것이 부모의 마음이다. 그런데 아이를 예쁘다고 하면서 오히려 괴롭히는 경우가 있다. 텔레비전에서 들려오는 수많은 비참한 뉴스를 보면서 마음이 아프다. 어여쁜 아이들이 사랑받지 못하고, 피어보지도 못하고 지는 것을 생각하면 눈물이 난다. 아이들이 학대를 받게 된 원인 중에는 이웃사람의 무관심도 있다. 나중에 인터뷰를 보면 전혀 몰랐다는 답이 많다. 옛날에는 아이에 대한 학대가 별로 없었다. 아니 있기가 힘들었다. 마을 사람들이 서로 다 알고, 관심이 많았기 때문이다.

예쁘다면 보호해주어야 한다. 예쁘다고 하면서 꽃을 꺾으려고 하는 것은 좋지 않다. 예쁜 것을 보면 보호해주고 싶은 마음이 같이 들어야 하는 것이다. 동물의 경우도 마찬가지다. 매년 엄청난 수의 유기견이 발생한다. 버려진 고양이가 사회 문제가 되기도 한다. 동물을 사랑한다고 하면서 실제로는 예쁘게 여기지 않는 것이다. 그래서 가엾게 여기지 않는다. 예쁘다면 가엾게 생각해야 한다.

예쁘다면 잘 살펴주고 보호해주려고 노력해야 한다. 훈민정음에서도 세종대왕의 그런 마음이 느껴진다. 어여쁜 백성들이, 백성들이 너무 예쁜데 자기 말을 글로 쓰지 못하는 가여움이 느껴지는 표현이다. 예쁘기 때문에 오히려 함부로 대한다면 그것은 예뻐하는 것이 절대 아니다. 예전에 할머니들은 아기들을 보면서 '아이고 가여워라!'라는 말도 자주 했다. 그때는 그 말의 의미를 몰랐다. 왜 예쁜 아이에게 가엾다고 하는지 이해가 안 됐다. 하지만 한참 후 국어를 전공하게 되면서 예쁘다와 가엾다는 말의 공통점을 알게 되었다. 우리말에서 느낄 수 있는 감정이 참 좋다.

나쁘다,
자신의 가치를 스스로 낮게 만들다

우리말 중에는 '브'라는 말이 들어가서 형용사가 된 말이 많다. 슬프다는 '슳다'에서 온 말이다. '앓다'에서 아프다, '곯다'에서 고프다가 생겼다. 그런데 '기쁘다, 예쁘다, 나쁘다'는 조금 애매하다. '기쁘다'의 경우는 '깃다'에 '브'가 붙은 것으로 볼 수 있다. 금방 이해가 안 될 수 있겠다. 하지만 '기꺼이'라는 단어를 생각하면 힌트를 얻을 수 있다. '기꺼이'라는 말은 기쁘게 한다는 의미를 담고 있다.

'나쁘다'의 경우는 여러 학자의 의견이 있지만 나는 '낮다'라는 말에서 나온 것으로 본다. 낮다에 '브'가 붙어서 생긴 말일 가능성이 있는 것이다. 그렇다면 왜 낮은 것이 나쁜 게 되었을까? 우리나라 사람들의 생각에 나쁜 것은 낮아지는 것을 의미한다고 보는 것이다. 물건이 나쁜 것도, 사람이 나쁜 것도 모두 가치를 낮게 만든다. 나쁜 물건의 가격은 당연히 내려간다. 낮아지는 것이다. 사람도 마찬가지다. 나쁜 짓을 하는 사람을 귀하게 생각할리 없다. 그 사람의 가치를 떨어뜨린다.

낮아진다는 말 대신에 '떨어지다'는 말도 한다. 가치도 떨어지고, 수준도 떨어진다. 가끔 내가 재미있어하는 표현은 '덜 떨어지다'라는 말이다. 덜 떨어진 것은 좋은 의미일 듯한데, 이 역시 머리가 나쁘고, 행동이 이상한 경우에 쓰는 표현이다. '모자라다'는 말도 한다. 이것은 부족하다는 의미로 좋지 않다는 뜻이다. 보통은 지능이 떨어질 때 쓴다. 아무튼 낮고, 떨어지고, 모자라는 것은 모두 좋지 않은 것으로 나쁘다는 의미이다.

항상 '나쁘다'의 대상이 '나'일 수 있음도 잊어서는 안 된다. 나쁜 일을 하면 내 삶의 가치가 낮아진다. 자신의 가치를 낮게 만드는 행위. 이 일을 하면 나나 내 가족의 가치를 낮게 만드는 행위는 아닐까. 스스로 낮아지는 행위다. 그게 나쁜 거다. 스스로를 낮추는 행위는 겸손한 것으로도 볼 수 있다. 맞다. 하지만 내가 한 어떤 잘못된 행동 때문에 내 가치가 떨어졌다면 결코 겸손

한 게 아니다. 그냥 나쁜 행동을 한 것이다.

나쁘다고 하면 사람들은 다른 사람에게 해를 끼치는 걸로 생각한다. 하지만 우리말의 원래 나쁘다의 뜻은 나 자체가 수준이 낮아지고 가치가 낮아지는, 그래서 나의 가족도 동시에 낮아지는 행위가 나쁜 행위라고 보았다. 나 때문에 가족이 욕먹고, 나 때문에 부모님이 얼굴을 못 들고 다닌다. 그런 게 나쁜 거다. 내가 한 행동 때문에 다른 사람에게 피해를 주는 것이기도 하지만, 나와 주변 사람들을 더욱 가치 없게 만드는 행위이다. '낮다'는 그런 뜻에서 조심해야 하는 행위라고 생각한다.

우리나라 설화의 주제는 늘 권선징악勸善懲惡이었다. 착한 것은 권하고, 나쁜 것에는 징벌을 내렸다. 그리고 결론은 늘 해피엔딩이었다. 좀 더 심하게 말하면 악인도 끝내는 착하게 되는 경우가 많다. 나중에 반성해서 울고불고하며 선한 이들과 같이 살게 해달라고 빈다. 그러면 선한 이들은 악인을 용서하고 같이 살 것을 허락한다. 정말 착하다. 설화는 우리가 바라는 삶이며 여기에서 얻은 교훈은 그대로 삶에 반영된다.

그렇기 때문에 권악勸惡은 있을 수 없으며, 슬픈 결말은 있어서도 안 된다. 이것은 우리의 믿음이기도 했다. 결코 나쁜 것이 잘되어서는 안 된다는 믿음, 이 세상은 결국 진리가 승리할 것이

라는 믿음이 있었다. 살 만한 세상이라는 신뢰가 있었기에 사람
은 서로를 의지하면서 즐겁게 살 수 있었다.

그런데 언제부터인가 '사실주의'라고 하면서 악이 승리하는
소설이나 드라마가 나오기 시작했다. 예전에 본 영화 중에 충격
적인 결말이 생각난다. 그것은 나쁜 아이가 끝내 반성하지 않고
선생님을 죽이려고 하는 내용이었고, 결국은 선생님이 학생을
죽이는 결말의 영화였다. 어쩌면 감독은 사실성, 현실성을 강조
했다고 이야기할지도 모르겠다. 하지만 나는 매우 불편했다. 세
상이 그러면 안 되기 때문이다.

설화 중에서 전설이 비극적인 것은 우리에게 교훈을 주기 위
해서였다. 그래서 민담과 달리 전설은 대개 증거물이 남아 있다.
어느 지방에 전해 내려오는 이야기라는 말을 한다. 대부분의 전
설이 슬픈 결말이 되는 이유는 약속을 지키지 않았기 때문이다.
세상이 아름답다는 진리를 끝내 의심했기 때문에 슬픈 결말을
맺게 된다. 전설의 결론은 약속을 지켜야 한다는 것이고 진리대
로 살아야 한다는 것이다.

그리스 시대 희극이 크게 유행했던 것도 세상이 아름답다는
진리, 선함이 승리한다는 진리가 상식이었기 때문이다. 사람들
은 늘 즐거웠다. 어차피 착한 사람은 복을 받는 것이니까. 나는

여전히 인생은 희극이라고 생각한다. 인생이 비극이라고 하면 살 힘이 없을 것 같다. 세상은 즐겁고 살 만하다. 세상은 해피엔딩이다. 그러니 자신의 가치를 낮아지게 하지 말자.

버릇없다,
예의가 없다

식당이나 지하철에서 아이들이 시끄럽게 뛰어다니는 걸 보면 누구나 얼굴을 찌푸린다. 그러곤 아이가 예의가 없다고 혀를 찬다. 대부분은 부모의 욕도 같이 하게 된다. 요즘 부모들이 아이를 버릇없이 키운다고 걱정도 한다. 예전에는 옆에 있는 아저씨나 아주머니가 나무라기도 했지만, 요즘엔 무슨 말을 하기도 어려운 시대가 되어버렸다.

한국을 설명하는 단어에 예의가 빠질 수 없다. 한국을 동방예의지국이라고 한다. 동방에서 가장 예의 바른 민족이라는 의미이다. 그렇다면 우리나라 사람들은 예의를 어떻게 생각했을까?

우리말에 예의 없는 사람을 나무랄 때 '버릇없는 놈'이라고 한다. 아마 이 표현을 수없이 들었겠지만 무슨 의미인지 생각해본 적은 없을 것이다. 다른 나라 언어에서는 주로 '행동을 똑바로 하라!'라는 뜻의 말을 한다. 그런데 우리말에서는 '버릇'이라는 말을 썼다. 왜일까?

'버릇없다'는 말은 '예의가 없다'는 뜻이다. 따라서 어휘로만 보면 우리말에서 예의는 버릇이다. 왜 버릇이 예의의 의미가 되었을까? 그것은 버릇의 힘 때문이다. 버릇은 무섭다. 한번 들인 버릇은 고치기 힘들다. 그런 의미에서 좋은 버릇을 들여놓는 것은 중요하다. 나의 좋은 버릇은 무엇인가? 버릇은 익숙해져서 생긴다. 자꾸 하다 보면 버릇이 된다. 그래서 우리말에서는 '버릇'이 '예의'의 뜻으로 쓰인다. 달리 말하자면 자주 해야 하는 '좋은 버릇'을 '예의'로 생각했다고 볼 수 있다.

'세 살 버릇 여든까지 간다'는 속담도 생각해보면 단순한 습관의 이야기는 아니다. 어릴 때 손톱을 물어뜯는 습관이 설마 여든까지 가겠는가? 세 살의 '버릇'은 예의를 의미한다. 어릴 때 배운 예의가 평생을 좌우한다는 의미이다. 우리가 배워야 할 것은 모두 유치원에서 배웠다는 말도 어릴 때의 예의 교육이 중요함을 보여준다.

버릇은 나쁜 버릇도 있지만 좋은 버릇도 있다. 좋은 버릇은 당연한 것이어서 버릇 있는 사람이라는 말은 하지 않는다. 당연한 것을 구태여 이야기하지 않는 것이다. 자신이 예의 있다고 자랑할 필요 없다. 예의는 당연한 일이다. 그렇다면 좋은 버릇은 어떤 게 있을까? 어른을 만나면 인사하는 버릇, 어른이 집에 들어오시면 일어나서 맞이하는 버릇, 어른이 먼저 수저를 드시고 난 후에 수저를 드는 버릇 등 수없이 많다. 좋은 버릇이 많아져야 한다.

나는 공부도 버릇이라고 이야기한다. 책 읽는 것도 버릇이다. 산책도 버릇이고, 운동도 버릇이다. 처음에는 잘 익숙해지지 않을 수 있다. 버릇이 되기 전까지는 귀찮다. 하지만 일단 버릇이 되고 나면 안 하고 못 배기는 경우도 생긴다. 산책이 버릇인 사람에게 산책을 못하게 하면 답답해서 견디지 못한다. 본인이 생각하는 좋은 버릇을 잘 들여놓는 게 인생을 풍성하게 한다.

새로운 버릇 들이기는 나이와 상관없이 계속해야 한다. 특히 새로운 것 배우기는 너무나도 좋은 버릇이다. 인생의 목표가 뭐냐고 묻는다면 나는 배우는 것이라고 말하고 싶다. 무엇이든 좋다. 배우면 새로운 세상을 살게 된다. 이왕이면 세상이 참 재미있고, 살 만한 곳이라는 것을 배우면 더 좋다. 나이 들어서 수영을 배우기가 어렵다고 말한다. 당연한 이야기이다. 평생 땅 위에서 숨을 쉬며 살던 사람이 물속에서 숨 쉬는 게 쉬운 일이겠는가?
하지만 시간이 지나고 물에서 호흡하는 것도 버릇이 되면 새로
운 세상 사는 재미를 느끼게 된다.

　아이든 어른이든 좋은 버릇이 많아지기 바란다. 새로운 버릇
도 많이 만들고, 나쁜 버릇은 조금씩 줄여나가기 바란다.

바람직하다,
우리는 '좋은 것'을 바란다

　파울로 코엘료의 《연금술사》에 '우리가 간절히 바라면 온 우
주가 도와준다'라는 말이 나온다. '바람직하다'라는 우리말을 보
면 인간이 바라는 것은 좋은 것이라는 생각을 담고 있다. 인간
이 바랄만 한 것은 당연히 좋은 것이다. 인간에 대한 무한 신뢰
가 느껴지는 말이다. 우리는 나쁜 것을 바라지 않는다. '믿음직
하다'라는 말도 마찬가지다. 믿을 만하다는 것도 긍정적일 수밖
에 없다.
　바람직하다는 말은 욕망과 관련을 맺을 수 있다. 욕망을 부정
적으로 생각하는 사람도 있는데 욕망 자체는 나쁜 것이 아니다.

공자의 가르침을 담은 〈논어〉도 학學에서 시작해서 욕慾으로 끝난다. 열다섯에 지우학志于學이라고 해서 학문을 시작하고, 이립而立인 서른에 뜻을 세우고, 불혹不惑인 사십이면 어떠한 유혹에도 넘어가지 아니하고, 지천명知天命인 오십에는 하늘의 뜻을 알게 된다 했다. 귀가 순해진다는 이순耳順인 육십에는 다른 사람의 말을 들어도 기분 나쁘지 않고, 칠십에는 종심소욕불유구從心所慾不踰矩라고 해서 욕망하는 대로 행동해도 아무 어긋남이 없다고 했다. 그런데 욕망이라고 하면 많은 사람들이 나쁜 것처럼 느낀다. 욕망이 어찌 나쁠까? 인간은 원래 바람직하고, 믿음직한 삶을 살게 되어 있다.

바람직한 인생이 좋은 것이라고 우리 선조들은 말하고 있다. 사람에 대해서 큰 신뢰를 보여주는 것이다. 우리말에서는 우리는 사람이면 충분하다고 이야기한다. 사람에게 하는 가장 큰 칭찬은 의외로 단조롭다. 그냥 '사람이 되었다'라고 하면 칭찬인 것이다. 저 사람은 참사람이 되었다고 하면 칭찬인 것이다. 사실 원래 사람이 아닌 사람이 어디 있는가? 그래서 생각해보면 모두 칭찬받을 만한 사람이다. 우리는 사람 이상의 경지를 칭찬으로 생각하지 않았다.

가장 큰 욕은 무엇인가? 그건 '사람도 아니다'라는 표현이다.

이보다 기분 나쁜 말이 있을까? 종종은 '동물의 자식'이라는 다양한 욕을 하기도 하는데, 이는 모두 사람이 아니라는 것을 강조하기 위해서 하는 말이다. 우리는 사람만 되면 된다. 사람답게 살기만 하면 된다. 우리는 어떤 것이 나쁜 욕망인지, 바람직하지 않은 일인지 잘 알고 있다. 스스로에게 물으면 해답이 나온다.

나는 아침에 눈을 뜨면서 기도를 할 때가 많다. 두 손을 모으고 정식으로 하는 것이 아니라 침대에 누워서 떠오르는 사람들에 대해 축복의 기도를 한다. 내가 좋아하는 사람이든 그렇지 않은 사람이든 관계없이 간절하게 그 사람의 행복을 빈다. 우리가 바라는 것은 좋은 것이다.

우리가 무언가를 간절히 바라고 믿는다면 원하는 삶을 살 수 있다. 그러기 위해서는 나 자신부터 달라져야 한다. '믿다'라는 말은 달라졌다는 말이다. '바라다'는 말도 변하겠다는 말이다. 종교를 가진 사람들은 믿는다는 말을 자주 한다. 하지만 믿는다는 말은 전과는 달라졌다는 말이다. 무거운 말이 아닐 수 없다. 믿는다면 스스로에게 물어야 한다. 정말 전과 달라졌는지.

믿음은 사랑이기도 하다. 믿음이 깊어지면 깊어질수록 세상을 사랑하는 마음도 커진다. 우리는 사랑하는 사람이 생기니 그 전보다 예뻐지고 아름다워졌다는 말을 한다. 다른 사람을 사랑하는 마음이 얼굴도 바뀌게 만든 것이다. 좋은 세상에 대한 믿음이 커지면 세상을 바라보는 마음이 바뀌게 된다. 누군가를 사랑하면 세상이 아름답게 보이는 것처럼 세상이 아름답게 보인다. 아름다운 세상을 진정으로 바라고 믿는다면 나의 삶이 바뀌고 나의 인생이 바뀌어야 한다. 그래야 내가 바라고 믿는 것에 더욱 큰 힘이 생긴다.

소중하다,
자꾸 생각이 나다

　나에게 소중한 것을 생각하면 가장 먼저 떠오르는 것은 무엇인가? 가족일 수도 있고, 내가 아끼는 물건일 수도 있다. 아니면 내가 좋아하는 추억의 장소일 수도 있고, 여러 가지가 떠오를 것이다. 그중에 나는 우리 학생들도 떠오른다. 선생님에게 학생들만큼 소중한 것도 없다. 학교에서 외국에서 온 학생들을 가르치다 보면 그들의 이야기를 많이 듣게 된다. 그 시간들은 나에게 두 번 다시 돌아오지 않을 소중한 시간들이자 나의 인생 학교이다.

　소중한 것은 자꾸 생각이 난다. 우리말에서 '사랑'이라는 말은 원래 '생각하다'라는 뜻이라고 하지 않았던가. 소중한 것은 내가 사랑한다는 의미이다. 자꾸 생각이 나는 것이 소중한 것이다. 한 번은 외국인 학생들에게 '나에게 가장 소중한 것'이라는 제목을 가지고 작문을 해보라고 했다. 그런데 가슴 뭉클한 이야기가 많이 나왔다. 학생들의 소중한 이야기를 듣고 나도 울컥해졌다.

베트남에서 온 한 학생의 이야기이다. 그 학생에게는 '은 목걸이'가 가장 소중한 것이었다. 안 그래도 늘 남학생이 은 목걸이를 하고 다녀서 '특별한 사연이라도 있나?' 하고 궁금해하던 차였다. 그 은 목걸이는 남학생의 여자친구가 선물한 것이라고 했다. 여자친구가 선물한 것이라면 소중할 수 있겠다는 생각이 들었다. 하지만 가슴 아픈 이야기가 이어졌다.

그 남학생과 여자친구는 고등학교 때 만났다. 둘은 같은 대학을 가기로 약속하고, 그 약속의 증표로 여학생이 은 목걸이를 선물했다. 둘은 열심히 공부를 해서 드디어 원하는 대학에 나란히 합격했다. 그런데 고등학교 졸업식 날, 여자친구가 나타나지 않았다. 여자친구가 졸업식장으로 오다 교통사고를 당해 그만 세상을 뜬 것이다. 이후 남학생은 혼자 대학을 다니다 한국으로 유학을 오게 되었다. 그의 목에는 항상 은 목걸이가 걸려 있다. 여자친구와 함께 공부하겠다는 약속을 지키기 위한 것이었다.

네덜란드에서 온 한 여학생은 '노란 운동화'가 가장 소중하다고 했다. 노란 운동화를 항상 책상 앞에 두고 있다고 했다. 왜 노란 운동화를 책상에 둘까? 여학생은 한국에서 세 살 때 네덜란드로 입양을 가게 되었고, 그 노란 운동화는 그때 여학생이 신었던 것이다. 그때 그녀가 가지고 갔던 것 중에서 유일하게 남아 있는 게 그 노란 운동화였다. 여학생은 한국에 대해서 기억나는 게 전혀 없지만, 왠지 그 노란 운동화가 자신의 뿌리를 이어주는 하나의 끈이라는 생각이 들어 항상 책상 앞에 놓아두고 본다고 했다. 자신을 낳아준 부모 형제가 얼마나 보고 싶으면 저렇게 책상 앞에 놓아두고 매일같이 볼까, 짠한 생각이 들었다. 여학생에게 노란 운동화는 자신의 존재 그 자체였을 것이다.

　해외 입양아의 양부모 이야기도 잊히지 않는다. 그 부모에게 소중한 것은 '포대기'였다. 아이를 업는 포대기는 다른 나라에서는 잘 사용하지 않는다. 미국에서 온 양부모가 포대기를 소중히 생각한다고 해서 의아했다. 하지만 이야기를 듣고서 마음이 아팠다. 양부모는 입양 온 아이에게 한국인의 추억을 주기 위해서 일부러 한국에서 포대기를 사서 한국식으로 업어서 키웠다고 한다. 그 포대기에 담긴 추억을 소중하게 생각하는 것이다. 나는 그 아이가 행복하게 자랐을 것이라 생각한다.

　은 목걸이를 항상 목에 걸고 다니는 남학생에게도 노란 운동

화를 항상 책상 앞에 두고 보는 여학생에게도 그 물건들은 누군
가를 생각하게 해주는 끈이자 징표였다. 포대기는 아이와 모국
을 연결해주는 끈이었을 것이다.

지금 눈을 감고 생각해보라. 지금 당신에게 가장 소중한 것은
무엇인가? 지금 가장 생각나는 것은 무엇인가? 그 소중한 것들
을 위해 나는 지금 무엇을 해야 하고, 어떤 도움을 주어야 할까?
그러면 더욱 오래, 더욱 깊이 간직할 수 있을 것이다. 누군가가
소중하게 간직하고 있는 게 있다면, 그것들을 함께 지켜볼 수 있
도록 해주어라. 서로에게 도움이 되고, 서로를 생각해주는 마음
이 바로 '소중한 것'이니까. 여러분에게 소중한 게 많아지기 바
란다. 소중한 사람도.

나이 들다,
하루하루 자라나다

우리가 나이를 먹는다는 것은 생명을 다할 때까지 자란다는 의미이다. 그런데 매년 12월이 되면 새해가 오고 나이를 한 살 더 먹는 것에 대해 부담을 가지는 사람이 많다. 언제부턴가 자신의 나이를 밝히기를 꺼리는 사람도 많아졌다. 우리말에서 나이를 '들다'라고 표현하기도 하고 나이를 '먹다'라고 표현하기도 하는데, 나이가 든다는 것은 창피한 일이 아니다. 오히려 축복받을 일이다.

우리나라 사람은 어린 것을 좋아하지 않았다. 옛말에서 '어리다'라는 말은 어리석다는 뜻이기도 했다. '어리다 어려!'라는 말만큼 기분 나쁜 표현도 없다. 그만큼 나이가 들면 철이 든다. 그 래서 든다는 표현을 쓰는 것이다. 나이가 들면 내게 무엇이 들어 올지에 대해서 생각해봐야 한다. 나이를 먹는 것 역시 나를 자라 게 한다는 의미이다. 나이를 먹으면 우리 몸도 마음도 자라나게 된다. 대부분의 사람들이 과거의 어린 시절로 돌아가는 것에는 반대인 경우가 많다. 나 역시 어린 시절로 돌아가고 싶은 마음은 없다. 지금까지 지나온 추억은 잘 간직하면서 지금의 세상을 즐 기고 느끼고 싶다.

요즘은 전문가들 못지않게 사진을 잘 찍는 사람들이 많다. 인 물 사진은 언제 찍는 게 가장 잘 나올까? 전문가들의 말로는 저 녁놀이 질 무렵이란다. 아침에 찍는 것보다 이때 찍는 사진이 훨 씬 더 따뜻한 느낌을 전해준다고 한다. 새벽 일출의 느낌과 저녁 놀의 느낌이 많이 다르듯, 아침에 찍은 사진은 활기찬 느낌이, 한 낮에 찍은 사진은 힘찬 느낌이, 저녁놀이 질 무렵 찍은 사진은 온화한 느낌이 있을 것이다. 태양이 떠오를 때는 아무래도 차갑 다. 마음껏 타오른 후의 온화함과 따뜻함은 사람을 다정하게 만 든다.

사람도 마찬가지다. 어릴 때보다는 나이 들어서 따뜻함이 훨 씬 더 많다. 활기찬 아침을 지나고 뜨거운 한낮을 지나 맞이하는

저녁놀처럼. 우리 인생에서 따뜻함은 아주 중요한 가치이다. 나이를 들어간다는 것은 따뜻하고 온화하기에 더 가치가 있다. 나이가 들었는데도 따뜻하지 않다면 자신의 인생을 반성해야 한다. 하루하루 나이를 먹으면서 더 넓게 세상을 만나야 한다.

저녁놀과 닮은 모습이 단풍이다. 푸르른 신록은 초록의 아름다움을, 단풍은 빛바랜 붉은 아름다움을 우리에게 안겨준다. 새싹이 돋고, 꽃이 피고, 푸른 싱그러움을 발산하는 때도 아름답지만 단풍의 빛은 참으로 아름답다. 이렇게 단풍이 아름다운 것은 저녁놀처럼 세월을 담고 있기 때문이다. 세월이 들어와 있기 때문이다. 그래서 우리말에서는 단풍이 들었다고 말한다. 물이 곱게 들었다는 표현도 한다. 이 모든 것이 세월의 덕이다.

화려한 봄을 지나 볕이 내리쬐는 강렬한 여름이 가면 나무는 자신을 떨어뜨려야 하는 시기가 온다. 그 시기 단풍의 색깔은 단순히 붉은 게 아니라 세월을 담아 변해온 것이다. 나를 변화시켜 온 것이다. 푸른 잎이 세월을 담아 붉은 단풍으로 변하듯 세월을 담는 것은 참 좋은 일이다.

그러니까 나이 드는 것을 두려워해서는 안 된다. 저녁놀이 따뜻한 것처럼, 단풍이 아름다운 것처럼, 우리가 한 해 한 해 나이를 먹어가며 아름다운 변화를 하여야 한다. 한 해 한 해 우리의

130

몸과 마음에 세월을 담으며 어떻게 변하게 될지 기대해보라. 분명 다른 사람에게도 기분 좋은 느낌을 전해줄 것이다. 단풍을 보면서 아름답지 않다고 느끼는 사람이 없는 것처럼.

죄스럽다,
아름다운 인간의 원죄

특별히 죄를 지은 건 아닌데 죄스럽다고 느껴질 때가 있다. 부모님께 전화를 자주 못 드렸거나 자주 찾아뵙지 못했을 때, 나 혼자서 밖에서 맛있는 거 먹고 들어왔는데 가족들은 초라한 밥상을 마주하고 있는 것을 볼 때, 친구랑 싸워서 짜증스러운 마음에 동생한테 화를 내고 난 다음 날 아침에 동생 얼굴을 대할 때, 나는 잘 먹고 잘 지내는데 TV에서 못 먹어서 삐쩍 마른 아이들의 모습을 보여줄 때. 그냥 지나갈 수도 있는데 스스로 죄스럽게 느끼는 감정이다.

우리말에서 '-스럽다'라는 말이 붙으면 '그런 느낌이 나다, 그런 감정이 생기다'라는 뜻이다. 멋스럽다는 멋있는 느낌이 난다, 멋있는 감정이 느껴진다는 뜻이고, 탐스럽다는 탐이 나는 느낌이 난다, 탐내고 싶다는 뜻이다. 여성스럽다는 여성의 느낌이 많이 난다는 뜻이다.

그러니까 죄스럽다는 죄가 있다는 뜻이 아니다. 죄가 있는 것은 아닌데 죄가 있다고 느끼게 되는 감정이 죄스럽다이다. 죄가 아닌데 죄스럽다. 죄책감과는 좀 다른 감정이다. 죄책감은 죄에 대해서 책임감을 느끼는 감정이다. 비교적 지은 죄가 있는 것이다. 아잔 브라흐마 스님의 말처럼 '스스로에게 내리는 형벌'이라고 할 수 있다. 죄책감은 진짜 괴로운 것이다. 누가 잘못했다고 하지 않아도 스스로 알기에 괴롭다. 자신이 지은 죄에 대해서 계속 느끼고 있는 감정이 죄책감이다. 죄책감 때문에 자살을 하는 사람도 있다.

속죄라는 단어는 좀 다르게 생각해야 한다. 속죄는 자신의 죄를 씻기 위해 자신이 죄를 느끼고, 그 죄를 씻기 위한 노력을 몸소 실천하는 것이다. 그런데 '속죄의 양'처럼 자신을 속죄하기 위해 대신하는 제물을 바치는 행위는 좋지 않다. 속죄는 스스로 하는 것이다. 속죄를 위한 다른 제물을 바치지 말라.

반면 죄스럽다는 죄를 지었든 짓지 않았든 느끼는 감정이다.

남들은 불행한데 내가 웃고 있다면 죄일 수도 있다. 남들은 배고
픈데 내가 배부르게 먹고 돌아다닌다면 죄일 수 있다. 남들은 힘
들어하는데 내가 성공했다고 잘난 척하는 건 죄일 수 있다. 그런
감정을 가지는 게 죄스러운 감정이다. 나는 죄스러움은 아름다
운 감정이라고 생각한다.

　나의 행복에 다른 사람의 눈물이 묻어 있을 수 있다. 내 행복
은 나만의 행복이 아니고, 다른 사람이 같이 행복할 때 이루어지
는 것이다. 나만 행복하면 된다고 생각하는 것은 죄일 수 있다.
나는 부모님을 뵐 때마다 죄스럽다는 단어를 떠올린다. 어려운
사람들을 만날 때도 느끼는 단어이다. 내가 죄스러운 일이 무엇
이 있을까를 생각해본다면 훨씬 더 세상을 재미있게 살 수 있을
것이다.
　심한 경우는 밥 먹는 것조차 죄스럽다고 느끼는 사람들도 있
다. 나는 밥을 먹고 있는데, 그 순간 굶주려 죽어가는 사람들이
계속 떠오르는 것이다. 그런 사람들은 죄스러움을 행동으로 갚
으려고 한다. 어려운 사람들을 위해 봉사를 나가고, 사치하지 않
고 검소하게 사는 삶을 실천한다. 다른 나라 말보다 우리말의
'죄스럽다'라는 표현에는 그런 느낌이 강하다. 때문에 죄스럽다
는 기분을 느끼고 그 말을 사용하기만 해도 이 세상이 훨씬 좋아

질 수 있다.

내가 하는 일을 좋아하고 행복하게 여기고, 내가 열심히 번 돈을 쓴다면 죄는 아니다. 그런데 죄스럽게 느낀다면, 그런 사람이 많아진다면, 이 세상은 훨씬 아름다워질 것이다. 죄스러운 게 무언가? 어떨 때 죄스러움을 느끼는가? 죄스럽다면 행동해야 한다. 인간이 원죄가 있다는 말도 하는데, 나는 이런 죄스러움이야말로 인간이 갖고 있는 아름다운 원죄가 아닐까 한다.

넷째 장

함께
울고 웃다

동정,
그 사람의 처지가 되어 생각하다

가만 서 있기만 해도 땀이 줄줄 흐르는 한여름의 뙤약볕. 등이 90도로 굽은 할머니가 두 팔 가득 박스를 안고 걷고 있다. 할머니가 지고 가기에는 보기만 해도 힘겨워 보이는 커다란 박스를. 길 가다 이런 풍경을 마주친다면 어떨까? 자신도 모르게 그 할머니가 안됐다고 생각하는 마음이 들 것이다. 동정하는 마음이다.

하지만 우리는 '동정'이라는 말을 잘못 알고 있는 경우가 많다. 동정은 다른 사람을 단순히 불쌍하게 생각하는 마음이 아니다. 나는 동정이라는 단어를 참 좋아한다. 동정이라는 단어의 뜻만 잘 알아도 우리의 삶이 훨씬 따뜻하고 아름다울 수 있다. 동정의 한자는 같은 동同, 감정 정情이다. 동정은 그 사람과 같은 감정을 느낀다는 뜻이다. 누군가를 불쌍하게 생각하는 마음이 아니라 그 사람의 처지가 되어 생각해보는 것이다. 그렇지 않으면 동정은 위선이 되는 경우가 많다. 그래서 누가 누구를 동정한다고 하면 왠지 모를 거만함까지 느껴진다. 그걸 뒤집어서 생각하면 그 사람보다 자신의 처지가 낫다고 생각하는 우월감에서 오는 것이기 때문이다. 저 높은 곳에서 저 아래의 사람을 바라보는 듯하는 태도로는 진정한 동정을 이룰 수 없다.

잘못 동정하는 경우에는 오히려 화를 부른다. 나도 다 이해한다는 듯하는 눈빛으로 사람을 동정하지만, 동정을 받는 사람은 기분 나빠 하는 경우가 많다. 공감이라는 말도 동정과 비슷한 말이다. 문학작품을 읽으면서 감정이 이입된다고 하는 말도 동정의 감정을 느끼게 되었다는 의미이다. 영화를 보면서 주인공의 아픔을 보고 같이 아파하고, 주인공의 기쁨을 보고 같이 기뻐하는 것이 동정이다. 드라마에서 악인 역할을 한 사람을 현실에서 만났을 때도 괜히 화가 나는 것은 동정이 지나친 경우라고 할 수 있다.

위에서 얘기한 할머니를 보고 마음이 아픈 것, 내가 그 할머니의 처지가 되어 같은 마음을 느끼는 게 동정이다. 내가 착해서 그런 마음이 드는 것이 아니라 내 마음속에 그 할머니가 보이는 것이다. 누군가를 생각하며 가슴 저 밑바닥에서부터 아릿함이 느껴오는 것도 내 마음속에 그 사람이 보이기 때문이다. 그런데 그게 잘 안 된다. 상대를 단순히 도와줘야 하는 불쌍한 사람으로 생각하는 게 문제이다. 그런 마음이라면 감정 전달이 잘 안 된다. 그야말로 저만치 떨어져서 바라보는 느낌이다.

다른 사람이 슬퍼하면 나도 슬퍼하고, 다른 사람이 기뻐하면 나도 기뻐하는 것만큼 아름다운 일이 있을까? 동정은 참 아름다운 행위이다. 그런데 동정에는 한 가지가 덧붙여져야 한다. 행동이다. 마음을 느낀다고 하면서 움직임이 뒤따르지 않는 사람이 있다. 그것은 참된 동정이 아니다. 아이가 넘어져서 울고 있다면 얼마나 아플까 하고 안타까워하는 게 동정이 아니다. 얼른 가서 일으켜주고 안 아픈지 물어야 동정이다. 약을 사주기도 하고, 병원에 데려가기도 해야 동정이다.

소아암에 걸려 머리카락이 모두 빠진 친구를 위로하기 위해 전교생이 머리를 잘랐다는 이야기를 들은 적이 있다. 이런 이야기는 우리에게 큰 감동을 준다. 물론 그렇게 한다고 해서 완전한 위로가 되기는 어렵겠지만 친구의 소중함은 느꼈을 것이다. 마음으로 하는 동정과 행동으로 하는 동정은 큰 차이가 있다.

폐지를 줍는 할머니를 바라보면서 안타까워하는 것만이 동정이 아니다. 가서 도와주고, 가난한 사람이 서럽게 사는 세상을 바꾸려고 노력하는 게 동정이다. 힘없는 사람, 억울한 사람이 없게 나부터 노력하는 게 참된 동정이다. 동정하는 사람이 많아질수록 세상은 아름다워진다. 행복한 세상이 된다.

울리다,
함께 울고 웃다

한 아이가 울면 옆에 있는 아이들도 따라서 운다. 반대로 한 아이가 웃으면 옆에 있는 아이도 괜스레 따라서 웃는다. 옆에 있는 아이가 우는데 웃는 아이 없고, 옆에 있는 아이가 웃는데 우는 아이는 없다. 울고 싶을 때 같이 울고 웃고 싶을 때 같이 웃는 게 아이들이다. 그런데 언제부턴가 우리는 가슴이 시키는 대로 행동하며 살지 못한다. 아이들처럼 우리 가슴이 제일 먼저 반응하는 대로 느끼고 행동하며 살기만 해도 인생을 참 잘 사는 것이다.

우리말 '울다'라는 말에도 그 진리가 들어 있다. '울다'라는 말은 두 가지 의미가 있다. 하나는 우리가 잘 아는 대로 슬퍼서 우는 것이고, 다른 하나는 '진동'의 의미이다. 산울림이라고 할 때 울림이 진동의 대표적인 예이다. 종이 울리는 것도 진동이 소리로 바뀌는 현상을 보여준다. 새가 우는 것도 진동이 소리로 바뀐 것이다. 설마 새가 슬퍼서 울겠는가? 새는 그냥 소리를 내어 소통하고 있는 것이다.

우리가 슬퍼서 우는 것도 기본적으로는 슬픈 감정이 울림이 되고, 울림이 소리가 되어 나오는 것이다. '울다'라는 말이 슬픔과 진동의 의미를 함께 가지고 있음은 우리에게 생각할 거리를 준다. 우리는 다른 사람의 슬픔을 보면 가슴이 아프다. 상대의 슬픔이 진동이 되어 내 가슴을 울리고 있는 것이다. 울림은 공감의 다른 표현이다. 울림은 가장 자연스럽고 인간적인 현상이기도 하다. 다른 사람이 슬프면 나도 슬픈 게 정상이다. 다른 사람이 울면 나도 우는 게 자연스러운 거다. 이게 눈물의 기본적인 속성이다. 앞에서 말한 것처럼 아이들은 배우지 않아도 이런 진실을 알고 있다. 느끼고 있다.

옆에 있는 아이가 울면 나도 울고, 옆에 있는 아이가 배고파하면 나도 배고픔을 느끼고, 옆에 있는 아이가 웃으면 나도 웃고. 이렇게 우리 가슴이 시키는 대로, 울리는 대로만 살면 되는 것을 우리는 왜 이리 복잡하고 어렵게 살까? 울면 우는 게 당연하고

자연스러운 거다. TV를 볼 때 가장 슬픈 장면은 누군가가 눈물을 흘리는 장면이다. 들썩이는 어깨만 봐도 마음이 짠하다. 눈가에 눈물이 맺힌다.

　이것은 생물학적으로는 '거울뉴런'이라고 한다. 다른 사람의 감정에 동감하는 세포가 거울뉴런이다. 옆에 있는 사람이 울면 같이 울고, 옆에 있는 사람이 인상 쓰면 같이 인상 쓰는 아름다운 인간의 세포이다. 누가 슬프다고 하면 나도 슬픈 감정이 밀려드는 것, 이런 게 진짜 공감이다. 슬픔은 옮겨 다닌다. 그게 정상이다. 어릴 때 잘 작동하던 거울뉴런은 나이를 먹으면서 억눌려진다. 이성이라는 미명하에 참는 것을 강요받는다. 하지만 나이가 많아지면 이성의 힘보다는 감정의 힘, 본능의 힘이 더 세진다. 나이를 먹으면 눈물이 많아지는 것은 그래서이다. 특히 나에 대한 일보다는 남에 대한 일이 쉽게 공감이 되고, 눈물이 난다. 단순히 호르몬의 변화 때문만은 아니다.

　아이를 낳고 나서는 아이에 대한 이야기가 슬프게 다가온다. 아픈 아이의 모습만큼 가슴 아픈 이야기가 없다. 어떤 날은 도저히 볼 자신이 없어서 텔레비전을 끄고 만다. 가슴이 너무나 울려서 견딜 수가 없기 때문이다. 그만큼 울림의 힘은 크다. 부모님을 잃고 나서는 부모에 대한 이야기가 더 크게 다가온다. 사랑하는 사람과 헤어지면 이별의 고통이 가슴을 울린다. 울리는 것이 때로 힘들고 가슴 아프지만 내가 사람이라는 것을 알게 해주는 귀한 장치임을 느낀다.

원하다,
필요하다

우리는 어렸을 때부터 '개미와 배짱이' 이야기를 들으며 열심히 일하고 저축하는 것을 최고의 가치로 생각해왔다. 열심히 일하는 게 나쁠 수는 없겠으나, 저축에 대해서는 고민해볼 필요가 있다. 저축은 무조건 좋은 것 아니냐고 반문할지 모르겠다. 우선 인디언 이야기를 하나 들어보자.

어떤 사람이 인디언에게 물었다.

"너희는 왜 은행에 저금을 안 해?"

그 질문을 받은 인디언은 굉장히 한심하다는 투로 말했다.

"은행이 왜 필요해?"

"우리는 은행이 필요 없어. 다른 사람이 부족하면 내가 나눠주고, 내가 부족하면 다른 사람한테 얻어 쓰면 돼."

순간 그 질문을 한 사람은 뒤통수를 한 대 얻어맞은 느낌이었다. 인디언의 지혜로운 삶의 방식은 우리에게 많은 생각할 거리를 던져준다. 우리는 살면서 참 많은 것을 원한다. '원하다'라는 말은 부탄 말에서는 '필요하다'와 같은 말이라고 한다. 부탄 사람들은 자신에게 필요한 것을 원해야 한다고 생각했다. 필요하지 않은 것을 원하는 것은 죄악이다.

그런데 우리는 어떤가? 지금 당장 필요하지 않더라도 일단 더 많은 것을 원하고 본다. 그게 사람이든, 물건이든……. 우리 주변을 돌아보자. 지금 내 주변에 있는 것들이 지금 당장 나한테 필요한 것들인가? 그래서 '원하다'의 부탄 말인 '필요하다'라는 말은 우리에게 많은 깨달음을 준다. 영어에서도 need가 want로 쓰이는 경우가 있다. 어쩌면 대부분의 언어와 문화에서 필요한 것을 원해야 한다는 가치는 같았을 수 있겠다.

"I need your help."

여기서의 need는 원하다의 뜻이 강하다. 상대가 "I want your help"라고 했을 때는 들어줄 수도 안 들어줄 수도 있지만, "I need your help"라고 했을 때는 꼭 들어주어야 한다는 생각이 든다고 한다. 어쩌면 다른 사람이 원하는 것과 필요한 것을 구별할 수 있는 것도 매우 중요한 능력이다.

내게 정말 필요한 것은 무엇일까? 아주 쉽게 생각해보자. 내가 무언가를 잃어버렸을 때 다시 사야 하는 것은 필요한 것이다. '에이, 어쩔 수 없네!' 하고 마는 것은 필요하지 않는 것이다. 예전에 우리 윗집에서 불이 난 적이 있다. 소방관이 불을 진압하면서 뿌린 물이 우리 집으로 흘러내렸다. 나는 공부를 하는 사람이라 책이 아주 많았는데, 집 밖에서 그 모습을 바라보면서 '저 책들 중에서 내가 다시 사야 하는 책들이 몇 권인가!'를 생각했다. 그랬더니 몇 권밖에 생각나지 않았다. 그 책들을 빼놓고는 다 필요하지 않는 책일 수 있다. 다행히 서가에는 물이 들어가지 않아서 책들은 한 권도 상하지 않았지만.

그런데 우리는 때로는 내가 원하는 것을 더 많이 얻기 위해 다른 사람의 고통이나 아픔쯤은 눈감고 지나간다. 은행에 저축을 하는 것도 먼 미래를 위해 지금 당장 필요하지 않은 것을 쌓아두려는 것이다. 그러다 보니 세상이 점점 삭막하게 변해간다. 은행에 저축을 하는 것도 좋지만, 가끔은 '이 돈을 더 좋은 곳에 쓸 수고 있겠구나!' 하는 생각을 해보자. 내가 은행에 넣어둔 돈만큼 누군가가 굶어가고 있다고 생각하면 얼마나 아찔한가?

보험도 마찬가지다. 지금 당장 필요하지도 않는데 미래에 있을지 없을지도 모르는 불행을 위해 준비해두는 것이 보험이다. 나는 보험 중에 가장 중요한 보험은 '사람'이라고 생각한다. 가장 좋은 보험은 내가 어려울 때 힘이 되어줄 수 있는 친구를 만드는 것이다. 평상시에 어려운 친구들을 돕고, 힘들어하는 사람들을 돕는다면 그게 보험이다.

보험을 들기만 하고 받지 못하면 어떻게 하나 걱정하는 사람이 있다. 하지만 사실 보험은 타지 않는 게 제일 좋다. 보험을 타게 되었다는 것은 일반적으로 병이 들었다는 것, 누군가 다쳤다는 것, 갑작스럽게 사망하게 되었다는 것 등의 슬픈 소식이 함께할 때이다. 가능하면 다른 사람의 슬픔을 돕고 살면 좋겠다. 나에게 닥칠 불행은 내 힘으로 어찌할 수는 없겠으나 그래도 가능하면 비껴갔으면 하는 바람이다. 혹여 내가 힘들 때 나를 도와줄 수 있는 사람이 많아진다면 그것이 은행이고, 그것이 보험이 아닐까?

아메리카 인디언들이 저축하는 대신 다른 사람이 필요할 때 나누어주고 내가 필요할 때 얻어 썼던 것처럼, 우리에게도 서로 필요할 때 도움을 주고받던 아름다운 풍속이 있다. 바로 '품앗이'이다. 농번기 때 서로 일손을 나누며 바쁜 한 철을 잘 넘겼다. 어쩌면 우리에게 제일 중요한 것은 내가 도움을 요청할 때 나를 도와줄 사람이 있는가 하는 것이 아닐까.

평소에도 '나에게 꼭 필요한 것은?'이라는 질문을 자주 해보면 좀 더 가볍고 가치 있게 세상을 살아갈 수 있을 것이다. '살림살이'라는 어휘가 있는데 이 말도 좋은 말이다. 살림살이는 나를 살리는 도구이며, 나와 함께 살아 있는 물건이다. 내게 필요하지 않은데도 내 주변에 있는 물건들은 어쩌면 '죽은 살이'가 아닐까 하는 생각을 해본다.

필승,
더욱 중요한 가치는 평화

'오 필승 코리아!'

전 세계인들이 가장 많이 알고 있는 우리나라 말일 것이다. '안녕하세요, 사랑해요'라는 말보다 훨씬 많이 알고 있다. 필승이라는 말이 상당히 어려운 말인데, 그들은 과연 이 말뜻을 알기나할까. 어느 날 갑자기 이런 생각이 들어 외국인을 만날 때 물어봤다.

"'오 필승 코리아!'가 무슨 뜻인지 알고 있어요?"

"아, 오 피스 코리아Oh! Peace Korea잖아요."

맙소사! 열이면 열 모두 '오 피스 코리아'라고 답했다. 그런데 생각해보니 오 피스 코리아, 참 아름다운 말이었다. 평화로운 한국이라는 의미.

'이렇게 아름다운 오해가 있구나!'
필승을 피스로 바꾸니 이렇게 아름다운 뜻을 지닌 말이 되었다. 필승이라는 말에는 어떠한 수단과 방법을 가리지 않고서라도 반드시 이기겠다는 전투적인 느낌이 들어 있다. 강렬함이 있어서 전투적이라면 승부를 다투어야 하는 스포츠 경기에는 쓸 수도 있지만, 일상생활에서까지 쓴다는 건 위험하다는 생각이 들었다. 필승은 군대에서 구호로 사용되는데, 피스는 세상을 평화롭게 한다. 특히 분단된 한국에서는 필승보다 오히려 피스가 중요하지 않을까?
원래 우리가 중요하게 생각하는 가치는 필승이 아니라 평화에 있다. 남을 침략하는 게 아니라 널리 인간을 이롭게 하는 홍익인간에 있다. 홍익인간은 참 좋은 말이다. 나라를 세우면서 강대국이 되기를 원하지 않고, 세상을 이롭게 하고 싶었다니 얼마나 아름다운가? 우리 민족이 비교적 다른 나라를 침략하지 않았던 것도 이런 가치를 소중하게 생각했기 때문이리라. 백범 김구 선생도 해방된 우리나라가 강대국이 되기를 원하지 않았다. 오히려 문화적으로 존경받는 나라가 되기를 원했다. 평화가 중요했던 것이다. 문화는 평화의 다른 이름이다.

　우리가 자주 쓰는 '파이팅'이라는 말도 좀 이상하다. 영어의 파이트fight에서 나온 말이 파이팅이다. 누구랑 싸우자는 말이다. '파이팅!' 하면서 주먹을 앞으로 내미는 행동을 함께 취하는데, 누구랑 싸우자는 건지 내심 못마땅했다. 주먹을 쥐고 상대방을 노려보면서 속으로는 생각한다.

　'어떻게 해서든 널 이기고 말겠어!'

　이 말을 아예 사용하지 말자는 건 아니지만 더 좋은 말이 있다면 바꾸면 좋지 않을까 한다. 그리고 이왕 생긴 오해이니까 '오 필승 코리아'는 '오 피스 코리아'로 바꿔 불렀으면 좋겠다. 우리 말에 '많은 사람들이 한꺼번에 얘기하면 무쇠도 녹일 수 있다'는 속담이 있지 않나. 광화문 광장에 10만 명이 모여 '오 피스 코리아!'를 외친다면 남북통일도 이룰 것이라 생각한다. 세계에서 가장 위험한 나라 한국이 가장 평화로운 나라가 될 수도 있다.

　그러니까 생각나는 이야기가 하나 있다. 남태평양의 솔로몬 제도 사람들은 큰 나무를 벨 때면 그 나무 주변에 사람들이 몰려들어 큰 소리를 지른다. 그러면 나무가 힘을 잃고 죽는다고 한다. 여러 사람이 한꺼번에 모여서 하는 말은 큰 나무도 죽일 만큼 큰 힘이 있다. 이 이야기는 다른 교훈을 주기도 한다. 사람의 말로 나무를 죽일 수 있듯이, 말로 사람을 죽일 수도 있으니까 항상 말조심을 해야 한다. 이왕이면 좋은 힘을 가진 말로 표현을 바꾸어 쓴다면 좋을 것이다. 우리 모두 다시 한 번 외쳐보자!

"오 피스 코리아."

평등,
불평등한 게 평등한 것

중국 사람들이 하는 말 중에 많은 생각을 하게 만드는 말이 있다. '평등 즉 불평등, 불평등 즉 평등'이라는 말이다. 평등한 게 불평등한 것이고, 불평등한 게 평등한 것이다. 도대체 무슨 말인가 할 것이다. 일반적으로 자본주의는 자신이 일을 많이 했으면 많이 받고, 일을 적게 했으면 적게 받는다. 반면 공산주의는 일을 많이 했든 적게 했든 똑같이 나눠 가지는 평등 사회라고 한다. 평등의 개념은 사회에 따라 다르다.

우리 시각으로 보면 그게 어떻게 평등한 것인가 반문할 것이다. 일을 많이 한 사람은 많이 받고 적게 한 사람은 적게 받아야 평등한 것이지, 그러니까 불평등한 게 오히려 평등한 것이라고 주장할 것이다. 중국에서도 이런 관점에서 평등 즉 불평등, 불평등 즉 평등이라는 말을 쓰지 않았을까 한다.

그런데 생각해보면 정반대의 상황도 많다. 나는 평등하다고 이야기하면서 불평등한 상황을 수없이 본다. 장애인과 비장애인의 관계에서도 평등을 강조하다 보면 장애인에게 불평등한 상황이 발생한다. 예를 들어 미국에서 예전에는 텔레비전에 영어 자막을 다는 기계를 별도로 팔고 있었다. 청각장애인이 텔레비전을 볼 수 있게 하는 획기적인 기계였지만, 장애인에게는 비싼 가격이 부담일 수밖에 없었다. 그런데 후에 텔레비전 안에 자막 읽기 방법을 내장하는 기술이 발달되어 누구나 자막을 읽을 수 있는 텔레비전을 구입하게 되었다. 어쩌면 비장애인은 나에게 필요 없는 기능이 달린 텔레비전을 왜 만들었냐며 불평할 수도 있다. 하지만 생각해보면 그래서 장애인들은 비싸게 따로 기계를 구입해야 하는 불편함을 덜게 되었다. 불평등이 평등이 된 예이다.

프로 바둑 선수랑 일반인이랑 바둑을 한판 둔다고 해보자. 이때도 똑같은 룰을 적용해야 평등한 걸까? 고등학생이랑 초등학생이 팔씨름이나 씨름을 할 때는 어떤가? 이때는 똑같은 규칙을 적용하는 게 오히려 불평등할 수 있다. 이때는 가치 기준으로 보면 평등한 게 오히려 불평등한 것이다. 힘이 센 사람이랑 약한 사람, 비장애인이랑 장애인이랑 똑같이 대우한다면 평등한 게 아니다. 힘이 없는 사람들에게 더 유리하게, 부족한 사람들에게 더 유리하게 해주는 게 오히려 평등한 것일 거다. 그렇다면 가치 측면에서는 불평등한 게 평등한 것이다.

평등에 관한 두 갈래의 길, 어느 쪽으로 가는가에 따라 세상이 많이 바뀐다. 시장 경제에서 기업은 더 많은 자본을 축적하고 만들어낼 수 있게 노력해야 할 것이다. 하지만 정책을 만들어내는 사람들은 분배의 정의를 위해서 평등 즉 불평등을 강조해야 한다. 우리의 결론은 명확해야 한다. 어려운 사람에게 더 많은 혜택을 주어야 한다. 복지 정책도 있고 지원책도 있고 찾아보면 방법은 많이 있다. 이것이 진정한 평등이다.

쯤,
여유의 미학이 살아 있는 말

한국인의 시간관념을 말할 때 '코리안 타임'이라는 말을 쓴다. 한국 사람들이 시간 약속을 잘 안 지킨다는 뜻이다. 하지만 우리 말을 잘 보면 이 말은 서로에 대한 배려에서 나온 말이라는 것을 알 수 있다. 우리말은 상황에 대한 고려가 많은 언어이다. 내일 친구와 맛있는 점심식사를 같이 하기로 했다. 친구와 약속을 정하는 장면을 한번 떠올려보자.

"내일 몇 시에 만날까?"

"글쎄, 12시쯤? 아니 한 11시 반쯤?"

우리는 시간 약속을 할 때 12시 정각에 만나자는 말을 잘 안

하고, 대개는 '몇 시쯤'이라고 말한다. 더 느슨하게는 '한'이라는 말을 덧붙인다. 또한 '두세 시쯤'이라는 표현을 쓰기도 한다. 숫자도 부정확하게 이야기하는 것이다. 이 말 속에는 상대의 사정에 따라 조금 일찍 올 수도 있고, 조금 늦게 올 수도 있다는 것을 배려하는 말이다. 상대가 조금 늦게 오면 '차가 막히나?' 아니면 '무슨 일이 있나?' 하면서 상대에 대한 걱정부터 하는 게 우리나라 사람들이었다.

언제부턴가 '빨리빨리'가 한국 사람을 대표하는 말이 되면서 우리의 마음속에 한 치의 여유도 없어졌다. '빨리빨리'는 급속한 경제 발전이 만들어낸 어두운 모습일 수 있다. 다른 나라에 가서 음식을 시키거나 물건 주문을 시켜보면 한국이 얼마나 빠른지 알 수 있다. 서비스가 좋다고 칭찬할지도 모르지만 그런 서비스를 하기 위해서 고생하는 사람이 있다는 것도 잊어서는 안 된다.

약속 시간에 조금 늦는 것도 못 참는다. 상대가 일부러 약속을 어기는 것은 문제가 있지만, 우리 한국인들의 원래 시간관념 속에는 여유가 살아 있었다. 급하게 생각하는 요즘이 답답할 때가 있다. 옛날에 양반들은 비가 내려도 뛰지 않았다고 하지 않는가. 문화학자들에 따르면 우리처럼 춤을 천천히 추는 나라도

없다고 한다. 승무의 춤사위를 보면 손동작 하나하나의 움직임
이 엄청 느리다.

　요즘 학생들만 보아도 수업이 채 끝나기도 전에 가방을 싸는
친구들이 많다. 1분만 더 늦게 나가면 될 것을 말이다. 전화도 마
찬가지다. 몇 초만 더 여유를 가지면 될 것을 급하게 끊어버린다.
상대가 이야기를 끝내기도 전에 전화를 끊는다. 상대만 그런 게
아니라 나도 그럴 때가 많다. 1초만 더 늦게 전화를 끊어도 상대
에 대한 예의도 지키고 더 많은 이야기를 나눌 수도 있다. 우리의
마음속에서 이런 여유가 점점 사라져가는 게 안타깝다. 우리말
'쯤'이 가지고 있는 여유의 미학을 가지고 살아가면 좋겠다.

　다시 예전처럼 여유 있는 생활로 돌아가기는 어려울 수도 있
다. 이미 '빨리빨리'가 우리의 장점이 되기도 하였다. 빠른 인터
넷과 빠르면서도 정중한 서비스는 한국의 자랑이다. 따라서 빠
름의 미학과 느림의 미학이 잘 조화를 이룰 수 있도록 애써야 한
다. 세상에는 빠르고 느린 리듬이 필요하다.

배려,
또 다른 배려를 낳는다

요즘 길을 가다 보면 육교를 보기가 어렵다. 내가 어렸을 때는 육교가 많았는데 요즘에는 웬만해서는 찾기 힘들다. 육교가 처음에 생긴 목적은 차가 원활하게 다니게 하기 위해서이다. 차를 타고 다니는 사람 편하라고 걸어다니는 사람 불편하게 만든 게 육교이다. 특히 장애인이나 노인에게 육교는 엄청난 장애물이다.

'사람이 중요하지 차가 중요한가!'

생각이 사람 중심으로 전환되면서 육교가 하나 둘씩 사라지고 있다. 육교를 없애고 횡단보도를 만들고 있다. 요즘 육교는 문화재로 보호하기 위해 몇 개만 남겨둘 정도가 되었다. 세상이 참

빨리 변한다. 이런 이야기를 듣고 나면 이런 생각이 들 것이다.

'아, 육교가 문제가 있구나!'

'아, 지하도가 문제가 있구나!'

'육교랑 지하도가 없어지고 횡단보도가 생기다니 세상이 좋아지나 보구나!'

그런데 생각이 여기서 머무르면 안 된다. 여기서 좀 더 나아가 생각해보자. 육교가 없어지고 횡단보도가 생기면 장애인, 어린아이, 노인들에게 마냥 좋을까 하는 것이다. 오히려 좋지 않을 수도 있다. 넓은 길에서 노인들이 횡단보도를 빨리 못 지나가 가끔 문제가 발생한다. 빨간 불이 켜졌는데도 횡단보도를 아직 못 건넌 노인에게 차들이 빵빵거리며 경적을 울리기도 한다. 그러면 노인이 불안한 마음에 발걸음을 재촉하다 무슨 일이 생길지도 모른다. 아이들도 횡단보도로 불쑥 뛰어들어 문제가 생기기도 한다.

안전 면으로만 본다면 육교가 차라리 더 안전하다고 생각할 수도 있다. 노인도 시간이 얼마가 걸리든 천천히 육교로 건너면 되니까. 하지만 인간에 대해서 깊이 고민하다 보면 또 다른 해결책이 생긴다. 배려는 또 다른 배려를 낳는다. 최근에는 넓은 길이나 복잡한 길에 육교나 지하도를 다시 놓기 시작했다. 그런데 재미있는 것은 그 육교는 예전의 육교와는 완전히 다른 개념이었다. 육교에 엘리베이터가 설치된 것이다. 이제 노인, 장애인, 아이들 모두 편하게 육교나 지하도로 갈 수 있게 되었다. 일본에 가면 엘리베이터가 설치된 육교를 많이 발견할 수 있다.

최근에는 더욱 새로운 시도도 일어나고 있다. 횡단보도는 인도인가, 차도인가? 당연히 인도이다. 그래서 '보도' 즉 걷는 길이라는 표현을 썼다. 그런데 많은 사람들이 차도로 알고 있다. 그것은 횡단보도가 차도처럼 생겼기 때문이다. 횡단보도는 아스팔트 위에 하얀 선만 그어놓았기 때문에 마치 차도를 인도로 빌려 쓰고 있는 것처럼 착각한다. 그래서 나는 횡단보도를 인도처럼 칠하면 어떨까 하는 생각을 해 보았다. 요즘에는 인도에 보도의 색을 칠해놓기도 한다. 횡단보도를 인도 색으로 칠하면 인도처럼 보여 차들이 훨씬 조심한다.
'저긴 인도니까 차가 조심해야지!'
요즘 짓는 아파트 단지 내에서는 찻길이 중간에 끊어져 있기도 하다. 보도블록을 깔거나 보도블록 색깔을 칠하기도 한다. 찻길이 끊어지면 차들이 인도라고 생각해서 조심한다. 미국에서도 횡단보도가 보도블록 색이거나 아예 보도블록을 간 곳을 발견할 수 있었다. 이처럼 가치가 생활 속으로 들어오면서 세상을 바꾸

고 있다.

　배려는 약자들이 좀 더 편하게 살 수 있게 해주는 아주 중요한 가치이다. 이러한 가치 중심으로 살다 보면 앞으로도 바꾸어나 가야 할 더욱 많은 것들이 눈에 보일 것이다. 선진국은 앞서 나 가는 나라가 아니라 사람 중심의 아름다운 가치를 실현하는 나 라이다. 약자에 대한 배려는 선진국의 기본 가치이다.

잡초,
우리와 늘 함께한다

잡초는 제 이름이 참 마음에 안 들 것 같다. 그 많고 많은 이름 중에 하필이면 잡초일까? 잡초란 잡스러운 풀이라는 뜻이다. 즉 쓸모없는 풀이라는 의미이다. 길가에 굴러다니는 돌 하나도 다 쓸모가 있다고 했는데, 잡초는 왜 쓸모없는 풀일까? 쓸모없는 존재만큼 가치 없는 게 또 있을까? 우리는 인생을 잡초에 비유하기도 한다. '잡초 같은 인생'은 가치가 없고 비루하다는 뜻이다.

우리가 인생을 살다 보면 오늘은 필요 없는 것 같지만, 내일은 꼭 필요한 것이 될지는 아무도 모른다. 모르긴 몰라도 잡초도 분명 쓸모 있을 때가 있을 것이다. 반대로 오늘은 쓸모가 많았지만 내일은 쓸모가 없을지도 모른다. 예전에 선조들이 먹던 곡식 중에 '피'라는 게 있었다. '피, 수수, 귀리' 할 때의 그 피다. 하지만 벼를 기르기 시작하면서 '피'를 뽑게 되었다. '잡초를 뽑다'라는 것이 바로 그 피를 뽑는 것이다. 피는 많이 먹을 수가 없기 때문에 피를 뽑고 벼를 남겨놓는다. 예전에 피는 잡초가 아니었지만 지금은 쓸모없는 풀로 뽑아버려야 할 잡초의 대명사가 되었다.

잡초는 강력해서 잘 안 뽑힌다. 생명력은 오히려 잡초가 강하다. 그래서 끈질긴 생명을 잡초에 비유하기도 한다. 그중에서도 피 뽑기가 매우 어렵다고 한다. 잡초를 보면서 당장은 필요 없다고 생각할 수도 있지만, 사실은 나중에 필요한 것들일 수도 있다. 한때 피가 우리의 중요한 식량이 되었듯 누군가에게는 소중하고 중요한 것일 수도 있다. 지금 당장 내 생활에 도움이 되지 않는다고 해서 너무 쉽게 뽑아버려야 할 잡초, 없어져야 할 것으로 생각하는 건 아닌지 생각해보았으면 한다.

잡초가 살 수 없으면, 우리도 살 수 없다. 해충이 없는 식물은 우리도 먹을 수 없다. 나는 잡초를 들풀이라는 이름으로 바꾸었으면 좋겠다. 들풀이라는 이름에는 편견이 들어 있지 않다. 들풀 중에서도 아름다운 것들이 많이 있다. 다른 좋은 이름이 있다면 그 이름을 붙이는 것도 환영이다.

이름 이야기가 나오니까 하는 말인데, 애완동물이라는 이름도 좀 바꾸면 좋겠다. 애완동물이라고 하면 장난감 같은 느낌이 든다. 장난감은 우리가 가지고 놀 때는 좋아하다 마음에 안 들면 어느 순간 버린다. 반려동물이라는 이름도 평생을 같이한다는 뜻으로 붙여진 것이긴 하지만, 반려동물이라고 하면 나의 외로움을 달래주는 존재, 나의 심심함을 달래주는 존재로밖에 느껴지지 않는다. 동물인 친구를 하나 사귀는 거니까 동물친구도 좋을 듯하다. 더 좋은 이름이 있다면 그것도 환영이다. 애완동물이라고 할 때와 동물친구라고 할 때는 완전히 관점이 달라진다. 어떻게 대해야 할지도 완전 달라진다. 그래서 이름을 어떻게 지을지는 매우 중요하다.

우리가 살지 못하는 땅을 황무지라고 한다. 황무지는 우리는 살지 못하지만 다른 생물들에게는 귀한 터전일 수 있다. 아무렇게나 함부로 이름을 붙이지 않았으면 한다. 잡초든, 애완동물이든, 황무지든 쓸모없는 것은 없고 오직 우리와 함께하는 삶이 있을 뿐이다. 들풀과 동물 친구, 빈터를 따뜻한 시각으로 만났으면 한다.

다섯째 장

좋아지는
과정

글자,
믿음이 전제되어야 한다

우리말 '글'의 어원은 여러 가지 주장이 있지만 '그리다'와 관련이 있다고 생각한다. '그리다'는 두 가지 의미가 있다. 하나는 그리워하는 것이고, 다른 하나는 그림을 그리는 것이다. 마음속으로 그리워하던 것이 손을 타고 내려오면 그림이 된다. 이런 그림이 서로의 약속이 되고, 징표가 되면 글이 된다. 글자는 한자어로 하면 문자가 된다.

글자는 꼭 필요할까? 문자를 모르면 불행할까? 한자는 중국의 창힐이라는 사람이 만들었다고 전해진다. 문자를 만들고 그의 가장 큰 고민은 사기가 많아지지 않을까 하는 것이었다. 문자는 근본적으로 증거를 남기기 위해서 탄생한 것이다. 서로 믿지 못하니까 문자로 증거를 남긴다. 문자가 초기에 사용된 예를 보면 맹세의 글이나 규칙에 관한 내용이 많았다. 어찌 보면 글이 없는 게 오히려 서로를 믿는다는 증거였을 수도 있다.

창힐은 문자가 보급되면 문자를 고쳐서 사기를 치는 것을 우려했고, 실제로 예전부터 지금까지 문서 위조는 엄청나게 많다. 문서 해석도 사람마다 다른 경우도 허다하다. 그러니 마음이 가장 중요하고, 그 다음이 말, 그 다음이 문자라고 하는 것이다. 글 또는 말에 너무 얽매이지 말고 저 사람과 어떻게 마음을 주고받을 것인가를 연구하는 게 의사소통에서 가장 중요한 것이다.

사이 안 좋은 부부가 각서를 쓰고, 사이 안 좋은 친구가 돈을 빌려주고 차용증을 쓴다. 각서나 차용증을 쓰는 행위 자체는 지키기 위한 것보다 지켜지지 않았을 때 권력을 행사하기 위한 것이다. 각서는 이혼을 할 때 더 유리한 상황을 만들기 위해, 차용증은 친구가 돈을 안 갚으면 처벌을 받게 하기 위해 쓰는 것이다. 서로 믿는다면 각서를 쓸 이유가 없다.

농담처럼 말하지만 집에 각서가 많은 부부는 위험한 거다. 차용증을 받고 돈을 빌리는 관계는 위험하다. 다시는 안 하겠다고 쓴 각서가 휴지통에 들어간 예가 많다. 다시는 담배를 피우지 않

겠다든지 다시는 술을 마시지 않겠다는 말만큼 잘 안 지켜지는 것들이 없다. 아이들이 쓰는 반성문도 그렇다.

나는 어릴 때 친구들의 반성문을 써준 적이 여러 번 있다. 내가 글을 잘 쓴다는 이유로 친구들은 나에게 반성문을 부탁했다. 좀 나쁜 짓이기는 했지만 그때는 재미도 있었고, 친구들의 보답(?)도 즐거웠다. 아무튼 다시는 잘못을 저지르지 않겠다고 반성문을 썼지만 반성문은 그저 한 장의 글에 불과했고, 오히려 거짓 약속이 되는 경우가 많았다. 그 이후에 그 친구가 다시 잘못을 저지르지 않았다면, 그것은 반성문 때문이 아니라 철이 들었거나 다른 이유가 있었기 때문이리라.

문맹인 사람을 불쌍한 사람처럼 취급하지만 문맹이 그렇게 불편하거나 불쌍한 것은 아닐 수도 있다. 옛날에는 더욱 그러했을 것이다. 문맹이 견딜 수 없는 고통이었다면 조선시대에 문맹률이 그렇게까지 높지는 않았을 것이다. 생각보다는 문맹이 불편한 일은 아니다. 문맹률이 높은 나라들을 조사해보았더니 장수하는 곳이 많았다는 흥미로운 조사 결과가 있다. 나는 그 조사를 보면서 문자가 인간에게 스트레스가 되었을 수도 있겠다는 생각이 들었다. 문자를 알고 더 많은 내용을 기억하는 것은 꼭 좋은 것은 아닐 수 있다.

문자에 얽매이다 보면 지혜보다는 지식 속에 묻히게 되는 경우가 있다. 많은 종교의 지도자나 성인들이 책을 쓰지 않은 이유는 무얼까? 글이 족쇄가 되기도 하고 생각을 한정시키는 문제를 만들었기 때문일 수 있다. 글은 지식을 넓혀주기도 하지만 우리를 틀 안에 가두어두기도 한다. 글을 쓰고 읽는 행위는 믿음이 전제되어야 한다. 서로 믿지 않는 사람 사이에서 글을 쓰면 거짓이 된다. 말에는 감정이 보이지만 글에는 감정이 보이지 않으므로 늘 조심해야 한다. 믿음이 없는 글은 불행의 씨앗이다.

외국어,
호감과 관심에서 시작하라

　외국어가 중요하다고 한다. 많은 학생들이 영어 공부를 하느라 고생을 한다. 힘들어하는 모습을 보면 참 안타깝다. 나도 영어 공부가 참 싫었다. 왜 공부하는지 모르고 하는 공부가 재미있을 리 없다. 장래를 위해 어쩔 수 없이 친구들과 경쟁하듯 외국어를 배운다면 힘든 게 당연할 것 같다.

　사실 다른 나라 말을 배우는 것은 매우 즐거운 일이다. 흥분되고 기분 좋은 일이다. 왜냐하면 우리가 잘 모르는 미지의 문화도 함께 배울 수 있기 때문이다. 또한 그 나라 사람을 만났을 때 이야기할 수단을 갖는 것이니 기쁠 수밖에 없다. 외국에 가서 모르는 사람과 외국어로 이야기를 해보라. 설레고 기쁜 일이다.

좀 거창해 보이지만 하나의 언어는 하나의 세계를 담고 있다. 언어 속에는 인간의 삶과 역사가 고스란히 담겨 있다. 언어를 깊이 공부하는 이유이기도 하다. 인공지능의 세계가 가까워지면서 언어의 힘이 더 크게 다가온다. 인공지능으로도 따라가기 힘든 게 언어의 번역이다.

요즘 사라지는 언어가 많다고 하는데 참 슬픈 일이다. 하나의 세계가 없어지는 것이기도 하기 때문이다. 언어가 다르면 사고가 완전히 달라진다. 원숭이와 개와 바나나 중 관계 있는 두 가지를 묶어보라. 여러분은 무엇을 묶었는가? 동양과 서양에 따라 전혀 다른 선택을 한다. 주로 서양 사람들은 원숭이와 개를, 동양 사람들은 원숭이와 바나나를 묶는다. 언어를 공부하면서 다른 세계 구경도 좀 하자.

우리가 외국어를 배우는 기본적인 목적은 그 나라 사람들과 소통을 하기 위해서이다. 그러니 외국어를 모국어처럼 하기 위해, 즉 그 나라 사람들과 똑같은 억양으로 말하고 발음하기 위해 스트레스 받을 필요는 없다. 물론 잘하면 좋지만, 의사소통만 되어도 좋다. 영어도 미국식 영어가 있고, 영국식 영어가 있고, 인도나 남아프리카공화국식 영어가 있다. 세계에서 가장 잘 통하는 영어는 '브로큰 잉글리시broken english'라는 말이 있다. 우리식으로 이야기하자면 '콩글리시'인데, 오히려 틀린 영어를 말하는 게 사람들 간에 더 잘 소통이 된다는 말이다. 좀 틀리는 게 오히려 인간적이지 않은가?

따라서 외국어를 배울 때는 상대에 대해, 그 나라에 대해 호감이 없으면 쉽지 않다. 우리나라도 예전에 일본 애니메이션을 좋아해서 일본어를 배우는 사람이 많았듯이, 한국어를 배우는 사람들 중에는 K-POP이나 한국 드라마를 좋아해서 배우는 사람도 많다. K-POP이나 한국 드라마로 인해 우리나라와 우리나라 사람들에 대한 호감이 생기고, 점점 더 많은 사람들이 우리말을 배우는 것이다.

물론 예전이나 지금이나 그 나라에 대한 호감이 아니라 다른 목적으로 언어를 배우는 사람들도 있다. 서양의 학자들은 2차 세계대전 때 빠르게 외국어를 배우는 '군대식 교수법'을 만들었다. 적의 정보를 빨리 알아내는 것이 주목적이었다. 한때 일본에서 가장 똑똑했던 학자들이 한국어를 공부했고, 일제시대 때 유명한 국어학자들은 거의 다 일본 사람들이었다. 이 사람들이 한국어, 만주어를 아주 열심히 공부했고 그 결과는 모두 침략이었다. 안타까운 일이다. 학자들이 전쟁의 수단이 되는 현실은 우울한 일이다.

지금도 전 세계적으로 언어를 배우는 군인들이 많다. 미국에서 가장 관심 있는 언어가 아랍어랑 한국어, 중국어이다. 한국어는 우리가 분단 상황에 놓여 있기 때문에 관심을 가지는 것이다. 군대식 언어 교수법은 반복적인 학습 훈련법으로 탁월한 학습 효과를 가져다주었다. 전 세계적으로 언어 교육의 획기적인 전환을 가져다준 방법이기도 하다. 하지만 언어를 전쟁의 도구로 쓰기 위해 배운다면 불행한 일이다. 언어와 문화는 평화의 도구여야 한다. 원래의 목적이 의사소통에 있고, 오해를 줄이는 데 있기 때문이다.

그 나라의 사람과 문화에 대한 관심이 없으면 언어를 배워도 늘지가 않는다. 우리가 외국어를 왜 배우는지를 알고 배운다면 외국어를 더욱 재미있게 배울 수 있고, 나아가 사람을 대할 때도 다른 세상을 볼 때도 더욱 호기심 어린 눈으로 바라볼 수 있을 것이다. 호기심은 관심을 가져다주고 관심이 생기면 더욱 쉽고 재미있게, 더욱 빨리 깊이 있게 배울 수 있다. 영어를 배우기 전에 미국이나 영국, 인도 등에 대한 책들을 먼저 보라. 가고 싶은 나라와 만나고 싶은 사람들을 떠올려보라. 언어 공부는 관심에서 시작한다.

자기소개서,
나의 자존감을 높여주는 것

지금 여러분 앞에 하얀 백지 한 장이 놓여 있고, 그 백지 위에 자기소개서를 써야 한다고 해보자. 여러분이 마음먹기에 따라 아주 다양한 형태의 자기소개서가 나올 수 있을 것이다.

그런데 그 한 장의 자기소개서로 앞으로 남은 여러분의 인생이 달라질 수 있다면? 이 말은 자기소개서를 잘 써서 좋은 학교에 들어가고 좋은 직장에 취직을 하기 때문에 인생이 달라진다는 뜻이 아니다. 그렇다면 자기소개서 한 장이 어떻게 나의 인생을 바꾸어놓는다는 것인지 한번 보자.

사람은 누구나 장점이 있고 단점이 있다. 그런데 자기소개서를 쓸 때는 자신에게 단점이 있다고 생각해서는 안 된다. 단점을 주저리주저리 쓰는 사람은 합격을 포기한 것일 수 있다. 그래도 단점이 있는 것은 분명하지 않냐고 반문할지도 모르겠다. 당연히 누구에게나 단점은 있다. 하지만 곰곰이 생각해보면 단점은 모두 나의 장점과 연결되어 있다. 따라서 나의 모든 단점은 곧 나의 장점이라고 생각하고 자기소개서를 써야 한다. 그러면 자기소개서에 쓸 수 있는 내용이 참 많이 달라진다. 그리고 자기소개서에는 읽는 사람이 흥미롭게 볼 내용이 담겨야 한다. 모든 것을 다 쓸 필요는 없다는 말이다. 나는 서울에서 태어났다. 다음과 같은 자기소개서를 쓴다면 어떨까?

저는 서울에서 태어나서 농촌도 잘 모르고 어촌도 잘 모르는 데다 시골 사람들이 가지고 있는 인간미도 다소 떨어집니다.

이 자기소개서를 받은 사람은 당연히 '이런 사람을 왜 뽑아야 하나?' 할 것이다. 나는 어렸을 때부터 국어 교수가 꿈이었다. 따라서 이런 자기소개서를 썼다.

저는 서울에서 태어났습니다. 그래서 표준어를 완벽하게 구사할 수 있습니다. 표준어를 완벽하게 구사할 수 있다는 것은 국어과 교수에게는 무엇보다 중요한 요소라고 생각합니다.

그러면 이 자기소개서를 보는 사람은 신뢰를 가지게 된다. 나는 서울에서 태어났고, 서울에서 태어난 엄연한 사실을 바꿀 수는 없다. 그렇다면 내가 서울에서 태어났다는 게 중요한 게 아니라 내가 서울에서 태어나서 어떠한 장점을 가지고 있는지를 써야 한다.

만일 내가 지방에서 태어났더라면 자기소개서의 내용은 완전히 달라졌을 것이다. 나는 이렇게 썼을 것이다.

저는 지방에서 태어났습니다. 따라서 방언에 대해서 잘 알고 있습니다. 물론 표준어는 기본적으로 잘 알고 있습니다. 표준어를 아는 것은 당연한 것이지만, 방언을 잘 안다는 건 그리 쉬운 일이 아닙니다. 제가 경상도에서 태어난 만큼 경상도 방언에 대해서는 누구보다 잘 아는 국어교수 또는 국어연구자가 될 수 있을 것입니다.

이 자기소개서를 보는 사람도 '아 지방 출신의 사람을 뽑는 게 훨씬 낫겠구나!' 생각하게 된다. 자기소개서에 대해서 흔히 가지고 있는 착각 중의 하나가 있는 그대로 솔직하게 써야 된다는 것이다. 그래서 이런 자기소개서가 나온다.

저는 지방에서 태어나서 아직 서울 생활에 적응을 잘 못했습니다.

자기소개서는 내가 가지고 있는 모든 것들을 나의 장점으로 바꾸어야 한다. 그것이 자기소개서를 쓰는 출발점이다. 형제가 없는 외아들, 외동딸이라면 이런 자기소개서를 써야 한다.

저는 외동딸로 부모님의 사랑을 듬뿍 받고 자랐습니다. 그렇게 자라면서 늘 내가 받은 사랑을 다른 사람들에게 돌려주는 것에 대해 많은 생각을 하며 자랐습니다. 덕분에 지금도 제가 사회에 도움이 될 수 있는 일에 대해서 관심이 많습니다.

단순히 자신이 외동아들, 외동딸이라는 소개는 할 필요도 없고, 그 사실이 지금 나에게 어떤 좋은 영향을 미쳤고, 상대방에게도 어떤 좋은 영향을 미칠 것인지에 대해서 이야기를 해야 한다. 그러다 보면 스스로를 좋아하게 된다. '내가 가진 모든 것들이 다 좋은 것들이었구나!'라고 생각하게 된다. 내가 부잣집에서 태어난 것도, 어머니가 안 계신 것도. 내가 단점이라고 생각했던 모든 것이 귀한 것이고, 소중한 것임을 깨닫게 된다. 그렇게 쓰면 내가 지원하는 학교나 직장에서도 나를 훨씬 좋게 볼 것이고, 실제 그 학교나 직장에 들어가서도 훨씬 잘 적응해나갈 수 있다.

자기소개서는 읽는 이의 가슴속보다 내 가슴속에 훨씬 더 오래 남아 있어야 한다고 생각한다. 자기소개서는 나의 자존감을 보여주고 높여주는 사실이라는 걸 꼭 기억하자. 자기소개서를 쓰면서 자신의 가치를 꼭 발견해야 한다. 자, 어떤가? 이제 자기소개서를 쓰면서 자신의 인생을 바꿀 수 있지 않을까?

장래희망,
'좋은'이 붙는 장래희망으로

우리는 어릴 때부터 "너는 이다음에 뭐가 될 거야?"라는 질문을 지겹도록 듣는다. 유치원에 가든, 학교에 입학하든 늘 질문을 받는다. 그러면 아이들은 저마다 대답한다.

"의사가 되고 싶어요."

"변호사가 되고 싶어요."

"선생님이 되고 싶어요."

"과학자가 되고 싶어요."

"대통령이 되고 싶어요."

가끔 주황색 유니폼을 입고 청소차를 몰고 가는 청소부 아저

씨를 멋있다고 생각한 아이가 말할 수도 있다.

"저는 청소부가 될래요."

그러면 어른들은 곧바로 아이한테 말한다.

"얘, 청소부가 뭐야. 좀 더 멋있는 걸 말해야지."

아이는 자기가 생각해서 멋있는 걸 말했는데, 멋있는 걸 말하라니 뭘 말해야 할지 모른다. 어른들은 모든 직업이 귀하다는 것을 아이들에게 잘 이야기해줄 필요가 있다. 직업은 자신이 가진 재능을 다른 사람들을 위해서 쓰는 것이다. 따라서 재능이 사람마다 차이가 있듯이 직업도 차이가 있을 수밖에 없다. 직업을 차별하지 않는 것은 정말 중요하다.

사실 의사가 되겠다, 변호사가 되겠다, 선생님이 되겠다고 말한 아이 중에서 어떤 일을 하는 사람인지 정확하게 아는 아이는 얼마가 될까? 어렸을 때부터 우리의 장래희망이 이랬기 때문에 그 아이들이 자라서 변호사가 되고, 의사가 되고, 선생님이 되어도 제 역할을 다하지 못하는 것이다. 그저 돈을 많이 벌고, 편해 보이기 때문에 그런 직업을 선택한 것은 아닐까? 그렇기 때문에 돈이 안 되는 일은 안 하고, 힘이 드는 일은 안 하려는 사람이 많아졌을 수도 있다.

나는 이 장래희망 앞에 '좋은'이라는 말이 꼭 붙어야 한다고 말한다. 나는 어렸을 때부터 국어 교수가 되겠다고 말했다. 지금 국어 교수가 되었으니 그 꿈을 이룬 것일까? 절대 아니다. 내가 좋은 국어 교수가 되었을 때 비로소 나의 꿈도 이룬 것이다. 좋은 선생님이 되어야 내 꿈이 이루어진다. 왜 의사가 되어야 하는지, 왜 변호사가 되어야 하는지, 왜 선생님이 되어야 하는지를 생각해야 한다. 그리고 항상 '좋은'이라는 말이 앞에 붙어야 한다. 그러면 장래희망은 평생 이루어야 하는 희망이 된다. 장래희망에 '좋은'이라는 말만 붙였을 뿐인데 삶은 완전히 바뀐다.

경영자도 마찬가지다. 경영을 하는 최고의 목적은 무얼까? 경영의 목적은 이윤창출이 아니다. 나는 경영의 목적은 좋은 일자리 창출에 있다고 생각한다. 10만 명, 20만 명의 일자리를 만들어낸다면 훌륭한 경영자라고 할 수 있다. 아니, 단 몇 명의 일자리를 만들 수 있다면 좋은 경영이다. 그런데 요즘 경영의 방향은 수익 창출을 위해 비정규직을 늘리는 것으로 일자리를 줄인다. 그렇게 해서 수익 창출을 한다면 훌륭한 경영자라고 할 수 없다. 예로부터 한 고을에 부잣집이 있으면 인근에 굶는 사람이 없다고 했다. 경주 최 씨 부잣집이 바로 그런 곳이다. 경영자도 이들처럼 하면 된다. 그러면 훌륭한 경영자 존경받는 경영자가 될 수 있다. 좋은 경영자가 되어야 한다.

내가 장래희망을 이루었는지 못 이루었는지는 내가 판단하는 것이 아니다. 아픈 사람들 고쳐주는 좋은 의사가 되었는지, 힘없는 사람들을 변호해주는 좋은 변호사가 되었는지, 아이들의 눈높이에서 참교육을 하는 좋은 선생님이 되었는지. 그것은 내가 아니라 세상 사람들이 평가하는 것이다. 그 사람들이 '좋은 의사, 좋은 변호사, 좋은 선생님'이라고 평가했을 때 비로소 나의 장래희망을 이룬 것이다.

우리 모두 그런 장래희망을 가지고 있으면 세상이 좋아진다. 그리고 장래희망은 평생 갖는 것이다. 모두 장래희망 앞에 '좋은'이라는 말을 붙이는 세상을 꿈꾼다. 여러분의 장래희망은 무언가?

최선,
선한 일을 하는 것

우리는 일상생활에서 '최선을 다하겠습니다'라는 말을 참 많이 사용한다. 무조건 열심히 하겠다는 말이다. 여기에 오해가 있다. 이것은 최선이 아니다. 최선最善은 '가장 선한 것'이라는 뜻을 지닌 말이다. 참 아름다운 말이다.

'최선을 다해 공부해서 1등을 했다.'

'최선을 다해 사업해서 돈을 많이 벌었다.'

사람들은 최선이라는 말을 쉽게 쓰지만, 최선은 말 그대로 가장 선한 것, 가장 착한 것이다. '최선을 다한다'라는 말을 할 때는 정말 내가 하는 일이 선한 일인지 고민해야 한다. 내일 시험을 봐야 하는데 옆에 있는 친구가 수학 문제 모른다고 가르쳐달라고 하는데, 모른 척하고 공부해서 좋은 성적을 받았다. 이게 최선일까? 지난 몇 년 동안 밤낮 안 가리고 열심히 일해서 큰 기업을 일구었다. 그 과정에서 많은 하청업체들은 도산을 하고 노동자들은 잘려나갔다. 이게 최선일까? 선한 게 아니니까 절대 최선을 다한 게 아니다.

최선을 다한다는 말을 할 때는 정말 내가 하는 일이 선한 일인가를 고민해야 한다. 의사가 매일 아침 환자들을 대할 때 최선을 생각한다면? 학교에서 선생님이 학생들을 대할 때 최선을 생각한다면? 그러면 세상이 참 많이 바뀔 것이다. 그런데도 사람들이 선한 것에는 관심이 없고, 자기 한 몸 또는 일가가 잘 먹고 잘살기 위해 노력하는 것에 최선이라는 단어를 함부로 갖다 붙인다.

사람의 병을 낫게 하는 의사가 죽어가는 사람 앞에서, 아파하는 사람 앞에서 사람을 살리겠다, 사람을 고치겠다고 다짐하는 것이 최선이다. 그때 최선을 다하는 것 이외에 다른 것을 생각해서는 안 된다. 지금 우리의 교육 현실에서 아이들을 가르치는 선생님들도 주어진 환경에서 최선을 다했다고 얘기하기 전에, 힘들다고 포기한 학생은 없는지, 말 잘 듣고 공부 잘하는 일부 학생들에게만 관심을 쏟은 건 아닌지 생각해보아야 한다.

매일 아침 환자를 대하기 전에 기도를 하는 의사가 있다. 불치의 병에 걸린 환자를 수술하기 전에 눈물을 흘리는 의사가 있다. 참 감동적이고 아름다운 장면이다. 아무리 불치의 병에 걸린 환자라도 의사가 환자를 수술하기 전에 눈물을 흘린다면 그 환자는 살아날 수도 있다. 의사가 정말로 그런 선한 마음을 가지고 고쳤다면. 만약 고치지 못했다고 하더라도 환자는 기쁘게 결과를 받아들일 수 있을 것이다. 나를 위해 눈물을 흘리는 의사가 있다는 것은 축복이 아닌가?

교육도 마찬가지다. 말썽 피우는 아이가 있을 때 선생님이 눈물을 흘리면서 그 아이를 보듬으려고 했다면 그 아이는 누구보다 훌륭한 학생이 될 수도 있다. 선한 마음이 있으니까. 이런 게 최선이다. 학생의 미래를 위해서 눈물을 흘리는 선생님이 많아져야 교육이 좋아진다. 교육은 단순히 제도의 문제가 아니다. 사람의 문제가 가장 크다.

지금 현재 나의 여건에서는 '할 수 없다'라고 생각하는 건 최선이 아니다. 그런데 많은 사람들이 수없이 '지금 나는 할 수 없어'라고 생각하면서 최선이라고 말한다. 최선의 선이 착하다는 말이라는 것을 까맣게 잊어버린다. 최선을 다했는데 실패했다는 말을 하는 것이다.

인생에서 최선을 다한다는 말은 매우 중요한 말이고, 함부로 해서는 안 되는 말이다.

오늘 하루, 나는 최선을 다하며 살고 있는가? 최선을 다하는 나의 삶은 나만을 위한 삶이 아니다. 나와 내 주변 사람들의 행복은 연결되어 있다. 모두 행복해지는 삶이 최선이다. 두 눈을 감고 잘 생각해보자.

차선,
열심히 하면 최선이 될 수 있다

차선에 대해서 이야기할 때면 늘 선거가 떠오른다. 선거철이 되면 사람들은 누구를 뽑을 것이냐는 질문들을 많이 한다. 그때마다 사람들은 늘 뽑을 사람이 없다고 말한다. 최선이 없다는 것이다. 그러면 다음에는 이런 질문이 이어진다.

"그럼 누가 제일 나쁘지 않아?"

그 다음은 "누가 좋아, 차선은 누구야?"라고 물어봐야 할 텐데 꼭 이렇게 물어본다. 그래서 결과를 보면 대개는 제일 안 나쁜 사람이 뽑힌다. 이건 차악이다. 차악을 뽑으면 뽑는 순간 그 사람이 마음에 안 든다. 좋다고 생각하지 않고 뽑기 때문이다. 우리는 늘 이런 실수를 반복한다. 국회의원도 대통령도 좋아서 뽑기보다 덜 나쁠 거 같아서 뽑는 거다.

사람을 만날 때도 그러하다. 개인적으로 만나면 다 좋은 사람들이다. 그러니까 차선으로 만나서 최선으로 바꿔나가면 좋은데, 차악으로 만나서 최악으로 끝나는 인간관계도 많아 안타깝다. 차선의 만남들에 고마워하는 마음이 있어야 더 좋은 만남으로 만들어갈 수 있다.

우리가 생활하면서 하는 많은 선택도 마찬가지다. 여행지를 선택한다고 해보자. 가고 싶은 여행지를 못 가게 되었을 때, 거기를 못 가니까 여기를 간다고 생각하면 즐거울 리가 없다. 가장 가고 싶은 곳은 거기였지만 이러저러한 이유로 못 가니까, 두 번째로 괜찮을 곳을 골라 간다고 생각하면 그 여행지가 좋은 느낌으로 다가온다. 선택은 최선이 아니라면 차선이어야 한다.

대학을 다니는 학생들 중에도 "어느 대학을 갈 뻔했는데 못 갔다"라는 이야기를 참 많이 한다. 원래 가려고 했던 학교를 간 학생들은 거의 없다. 그런 마음으로 학교를 다니면 자신이 다니는 학교에 대한 만족도가 떨어진다. 자기 학교에 대한 자부심도 있을 리가 없다. 전공을 선택할 때도 마찬가지다. 내가 좋아하는 과목들 중에서 이걸 선택하면 괜찮은데, A가 안 돼서 어쩔 수 없이 B가 되면 안 된다. 그러면 나중에 자퇴한다. 차선이어야 하는데 어쩔 수 없이 선택한 게 된다. 좋아하는 것의 리스트를 만들고 그중에서 선택을 하는 버릇을 들여야 한다.

차선의 선택에 불만을 가지는 사람들은 설령 개인의 능력은 훨씬 뛰어나다고 해도 결과적으로는 그 일을 잘해내지는 못한다. 차악이라고 판단하기 때문이다. 자신한테 정 안 맞는다면 어쩔 수 없지만, 그 다음 선택한 거라면 차선이라고 생각하고 열심히 해야 한다. 그렇지 않으면 차악의 선택이 되어 최악의 결과를 낳는다. 그 학교를 다니는 것도 마음에 안 들고 다른 학교 가는 것도 안 되고, 이래저래 아웃사이더로 방황하다 허송세월만 한다. 학교를 졸업할 때 친구들은 그동안 열심히 해서 좋은 직장 가고 대학원 진학하고 하는데, 자기는 아무것도 한 게 없고 할 수도 없는 상황에 놓이게 된다.

선거도 마찬가지로 뽑아놓고 뽑는 순간부터 계속 마음에 안 들어 하면 결국 마음에 안 드는 걸로 끝난다. 하지만 차선이라고 생각하면 그 사람의 장점을 보려고 애쓰고, 그러다 보면 좋아지기도 한다. 나쁜 점만 가지고 있는 사람은 없다. 잘 살펴보면 좋은 부분을 분명히 발견하게 될 것이다.

인생을 살다 보면 늘 최선의 선택만 할 수는 없다. 차선을 열심히 하면 최선이 될 수 있다. 원래는 대기업을 가려고 했지만 대기업 못 가고 중소기업에 가서 크게 성공한 사람들도 많다. 대기업에 갔으면 주어진 일만 해서 제한적인 일밖에 못했을지도 모른다. 중소기업에서는 훨씬 다양하고 큰 일들을 할 기회가 많이 주어진다. 대기업 갈 뻔했다, 최종 면접까지는 올랐다. 이런 이야기는 아무 소용없다. 지금 자신에게 주어진 차선의 기회를 최대한 집중하고 살리면 언제든 최선이 될 수 있다. 차선을 만족스럽지 못하게 생각하니까 차악이 되고, 최악으로 되는 것이다.

　물건을 살 때도 '나쁘지 않아서'라는 표현을 자주 한다. 좋아서 사는 것이 아니라 나쁘지 않아서 선택하는 것이다. 자신의 말을 잘 살펴보라. 실제로는 좋아서 사는 건데도 말은 자꾸 나쁘지 않다는 표현을 쓴다. 사람에 대해서 평가할 때도 나쁘지 않다는 말을 한다. '좋다'라고 해보라. 세상이 달라질 것이다. 세상에는 나쁜 건 없다. 덜 좋은 것만 있을 뿐이다.

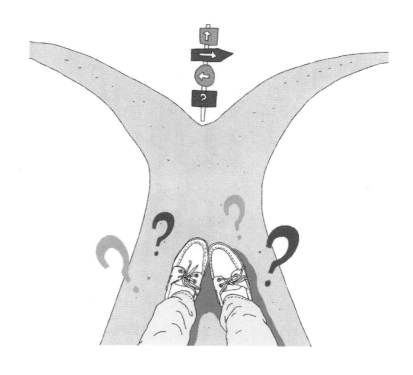

객관적,
손님의 눈으로 보다

우리는 '객관적'이라는 말을 자주 한다. '객관적인 시선'으로 본다는 말도 한다. 이 말들은 '어느 한쪽에 치우치지 않다. 어느 한쪽의 의견을 무조건 따르지는 않는다'라는 뜻이다. 보통은 좋은 뜻으로 쓰이는 말이다. '객관적인 사람이다'라는 것도 칭찬이다. 주관적이라고 하면 감정적이라는 느낌이 들기도 한다.

하지만 객관적인 게 다 좋은 건 아니다. 객관적이어서는 안 될 때가 있다. 객관적이라는 말의 뜻은 '손님의 눈으로 본다'는 것이다. 객관적의 객客이 손님이라는 뜻이기 때문이다. 반면 주관적이라는 말은 주인의 눈으로 본다는 뜻이다. 간혹 주인의 눈으로 보아야 하는데 손님의 눈으로 보아서 문제가 될 때가 있다. 특히 내 가족, 친구, 남편이나 아내 등 가까운 사람과 관계되는 이야기를 할 때이다. 그때는 주인의 눈으로 보아야 하는데 객관적인 시각을 계속 유지하려고 하면 안 된다.

학교에서 선생님께 혼이 나 잔뜩 속상한 아이가 집에 와서 엄마한테 이야기를 한다. 아이는 엄마는 당연히 내 편을 들어줄 것이라는 마음으로 이야기를 한다. 그런데 아이의 이야기를 들은 엄마가 이렇게 말한다고 해보자.

"어휴, 네가 얼마나 잘못했으면 선생님이 그러시겠어?"

친구랑 싸운 아이가 집에 와서 엄마한테 이야기를 할 때도 마찬가지다. 사실 여러분도 한 번쯤은 다 겪어봤을 상황이다.

"넌 대체 누굴 닮아서 그렇게 싸우고 다녀? 친구랑 사이좋게 지내야지. 내일 친구한테 가서 잘못했다고 사과해."

그때 여러분의 마음은 어땠는가? 엄마가 내 편을 들어주지 않아서 더 속상하고 서러웠을 것이다.

가까운 친구 사이에서도 이런 일은 많다. 회사에서 직장 상사한테 혼나고 친구에게 하소연을 했는데, 친구가 이렇게 말한다면 어떨까.

"내가 객관적으로 봤을 때는 네가 잘못한 것 같은데?"

순간 맥이 확 빠지고 더 이상 얘기하고 싶지 않을 것이다. 친구에게 위로받고 싶고 나를 지지해주기를 바랐던 것인데 말이다. 그러면 좋은 친구 관계가 오래도록 유지될 수 없다. 그렇다고 객관적이지 말라는 이야기가 아니다. 이때는 내가 주인이니까 내가 누구 편을 들어주어야 할 것인가, 내가 누구를 위로해주어야 할 것인가를 잘 생각해보아야 한다는 말이다. 오히려 내 이야기를 들은 친구가 나보다 더 화를 내면서 직장 상사를 공격한다고 해보자.

"대체 그 사람은 왜 그런대? 자기가 너보다 능력이 떨어지니까 일부러 더 심하게 구는 거 아냐? 직장에는 꼭 그런 사람 있더라. 에이, 얼마나 잘되나 두고 보자!"

그러면 친구한테 욕먹는 상사한테 갑자기 미안한 생각이 들어 오히려 내가 말리기도 한다.

"야, 아냐. 나도 잘못한 게 있지. 내가 과장님이 해달라는 거 바로 해드렸어야 하는데, 내가 미적거렸지 뭐."

그제야 친구는 슬쩍 화를 가라앉히는 척하고 슬며시 말을 건네는 것이다.

"생각해보니 그럴 수도 있겠네. 그래도 당한 너는 참 기분 나빴겠다."

친구를 위한 충고를 하고 싶다면 나중에 친구의 화가 좀 가라앉은 다음에 이렇게 말해보라.

"내가 생각해보니까 그때 네가 이랬더라면 더 좋았을 거 같아."

그렇게 말하는데 화를 낼 사람은 없다. 가족이든 친구든 내 어깨를 필요로 하는 누군가가 있다면, 그때는 기꺼이 그 사람 편이 되어주자. 그러면 모두 좋은 관계를 유지할 수 있다. 객관성을 유지한다는 명목하에 가까운 사람한테 상처를 주는 행위를 해서는 안 된다. 그런데 주변에서 이런 경우를 종종 본다.

"내 편인 줄 알았는데……."

"너는 나를 믿어줄 줄 알았는데……."

"내가 아무리 잘못했다 해도 나를 먼저 위로해줄 거라고 생각했는데……."

가족 간에는 객관적이면 안 되고, 친구 사이도 객관적이면 안 된다. 사랑하는 연인 사이에서는 더더욱 객관적이면 안 된다. 때로는 주관적일 필요가 있다. 늘 맞다고 이야기하라는 게 아니라 나에게 기대고 싶어 하는 그 순간에는 기댈 수 있는 어깨를 빌려주라는 거다. 그 사람의 편이 되어주라는 말이다. 감정의 친구가 되어주어야 한다.

감정이 조금 가라앉고 나면 그때 다시 얘기해도 늦지 않다. 너무 예민해져 있을 때는 부딪히면 서로 깨져 상처가 되니까 그때는 객관적이어서는 안 된다. 그런 의미에서 객관적이라는 단어를 조심해서 사용해야 한다는 것이다. 이것만 잘해도 인간관계에서 오는 어려움을 많이 해소해줄 것이다. 지나치게 객관적이면 사람이 멀어진다. 서운해한다. 가끔은 감정의 친구, 무조건 그 사람의 편이 되어줄 필요가 있다.

오류,
좋아지는 과정

한국어를 가르치다 보면 '오류'라는 표현을 많이 쓴다. 오류라고 하면 잘못되었다는 느낌이 강하다. 하지만 오류는 잘못된 게 아니다. 누구나 언어를 배울 때는 오류가 있게 마련이다. 낯선 외국어를 배우는데 어찌 처음부터 잘하겠나. 나는 오류를 보면서 앞으로 점점 나아지겠구나, 점점 좋아지는 과정이구나 생각한다.

언어를 배울 때는 늘 그러하다. 이번에 틀린 것은 다음번에는 안 틀린다. 더 나아지고 발음도 더 좋아진다. 오류는 기본적으로 좋아지는 것이다. 그런데 그것을 자꾸 틀렸다, 잘못했다라고 하니까 많은 문제가 생긴다. 좋아지는 과정이라고 보아야 한다.

우리말은 띄어쓰기가 어려워 외국 학생들이 띄어쓰기에서 많이 틀린다. 예전에 내가 가르쳤던 미얀마 학생이 어느 해 성탄절에 크리스마스카드를 보냈다. 나는 그 카드를 보고 깜짝 놀랐다. 카드 봉투에는 이런 커다란 글씨가 쓰여 있었다.

'조현용 선생님 개'

조현용 선생님 하고 띄어쓰기를 한 다음에 개라고 썼다. 덕분에 '조현용 선생님 개'가 되었다. '조현용 선생님께'라고 쓴다는 것을 잘못 쓴 것이다. 외국 학생들이 가장 많이 범하는 오류 세 가지를 다 보여준다. 외국 학생은 띄어쓰기를 어려워하고, 된소리를 구별하는 것을 힘들어한다. 모음 중에서는 ㅐ와 ㅔ의 구별을 제일 못 한다.

그 순간 기분은 나빴지만 나는 '이 학생은 앞으로는 이런 오류를 절대 하지 않겠지, 띄어쓰기도 되고, ㄲ과 ㄱ도 구분하고, ㅐ와 ㅔ도 구분하고 나날이 발전을 하겠지' 생각했다. 외국 학생이니까 틀리는 게 당연한데도 그래도 그 순간에는 기분이 많이 나빴다. 내가 이 이야기를 하면 사람들이 그 크리스마스카드 어떻게 했냐고 많이 물어본다. 그 학생한테 정말 미안하지만 버렸다. 가지고 있을 수가 없었다. 지금 생각해보면 갖고 있으면 오히려 재미있었을 것 같다. 이런 책에 증거물로 사진도 넣고.

외국 학생은 말하기나 쓰기에서 실수를 많이 한다. 어떤 때는 작문을 보고 깜짝 놀랄 때도 있다.

'저는 사탄을 좋아합니다.'

뭣이? 사탄이라고? 그런데 다음 문장이 '과자도 좋아합니다'이다. 그러면 '아 사탕을 좋아한다'라는 이야기를 잘못 쓴 것이구나 생각한다. 외국 학생 중에 'ㄴ과 ㅇ'을 구분하지 못하는 학생들이 많다. 실수는 오해를 일으키기도 하지만 즐거움도 준다. 외국학생이 잘못 쓴 작문만 모아도 엄청 재미있는 책이 될 거다.

학교가 아닌 다른 곳에서도 이런 상황은 얼마든지 많이 일어난다. 그런데 그때마다 사람들은 '틀렸다, 잘못됐다. 안 된다'라고 이야기한다. 누군가가 오류를 범하면 늘 그렇게 이야기한다. 외국 학생들이 한국어를 배우는 과정을 보면서 깨닫는 것은 그런 오류를 통해 점점 좋아진다는 점이다. 오류는 잘되어가는 과정이다.

사람을 평가할 때도 오류에 대한 기준이 필요하다. 평가란 늘 남보다 얼마나 잘했는가가 아니라 이전보다 얼마나 나아졌나 하는 것이어야 한다. 지금 몇 등인가가 중요한 게 아니라 "지난번에는 이러한 곳을 틀리더니 이번에는 안 틀렸구나. 점점 더 좋아질 거야"라고 얘기하는 게 평가이다. 몇 명 중에 몇 등인가 하는 평가는 의미가 없다. 그런데 우리는 늘 남과 경쟁하는 평가를 한다. 아이가 시험 성적을 받아오면 다른 아이의 성적을 묻는다. 자신의 아이가 받아 온 성적에 대해서 칭찬하지 않고 늘 비교한다.

핀란드의 교육제도가 잘돼 있다고 한다. 핀란드에서는 이 학생은 이전보다 얼마나 좋아졌나를 평가한다고 한다. 그러면 대부분의 학생들이 칭찬을 받는다. 이전보다 조금이라도 나아진 경우가 많으니 칭찬 받을 일도 많다. 나아진 정도는 다르지만 그래도 이전보다 좋아졌으니까 칭찬을 받는 것이다. 이 평가 제도를 보면서 핀란드 학생들은 참 좋겠구나 생각했다. 칭찬은 고래도 춤추게 한다고 하지 않던가?

"지난번 틀린 것 중에 고친 거는 안 틀렸네. 다음에는 더 잘할 수 있겠다."

학생마다 능력이 다르니까 이전보다 얼마나 더 좋아졌나가 관심사가 되어야 하는데, 지난번보다 나아졌는데도 등수가 떨어지면 계속 혼을 낸다. 어떤 학생은 지난번에 20점을 받았던 것을 30점을 받았는데도 혼이 난다. 20점 받던 학생이 30점을 받았다면 자기가 받던 점수의 50%가 오른 것이다. 이런 학생에게는 다 '가' 아니면 'F'를 준다. 그러면 학생들이 공부를 계속하고 싶은 동기를 찾지 못한다. 어차피 잘했다는 소리 못 듣고 야단맞을 거 지레 포기하고 만다.

"지난번에 20점이었는데 이번에 30점 받다니, 이 정도면 엄청 오른 거야. 다음에는 40점, 50점 받도록 해보자!"

이러면 그 학생은 다음에 40점, 50점 받기 위해 더욱 노력한다.

오류를 바라보는 태도도 평가랑 마찬가지다. 항상 '전보다'가 중요하고, '다음에는'이 중요하다. 이런 말을 사용하는 것과 사용하지 않는 것은 엄청난 차이가 있다. 오류란 무엇이든지 점점 나아지는 과정이다. 사람 관계도 마찬가지다. 사람 간에 잘못은 있을 수 있다. 다음에 그러지 않으면 되는 것이고, 전보다 나아지면 된다. 오류를 깊이 들여다보면 사람을 보는 태도도 달라진다. 용서하는 마음도 생기게 된다.

여섯째 장

슬퍼도
외롭지 마라

덕담,
덕이 담긴 이야기

아프지 말았으면 좋겠다. 그런데 아플 때도 있을 것이다.

아파도 슬프지 않았으면 좋겠다. 그런데 슬플 때도 있을 것이다.

슬퍼도 외롭지 않았으면 좋겠다. 그런데 외로울 때도 있을 것이다.

외로울 때 지친 어깨를 토닥여줄 수 있는 사람이 있기 바란다.

새해가 되면 많은 덕담들을 하는데, 나는 이런 덕담을 담아 연하장을 보낸다. 나의 연하장을 받은 분들은 많은 위로를 받았다는 감사의 인사를 전해오곤 한다. 우리가 살면서 아프지 않으면 좋지만 아플 때도 있을 것이다. 슬프지 않았으면 좋겠지만 슬플 때도 있을 것이다. 외롭지 않았으면 좋겠지만 분명 외로울 때도 있을 것이다. 아프지만 슬프지 않으려고 노력하고, 혼자 있지만 외롭지 않았으면 좋겠다. 아파서 슬프고, 혼자 있어서 외로울 수밖에 없다면 누군가가 내 어깨를 가만히 토닥여주고 지켜봐주는 사람이 있었으면 좋겠다. 그리고 그 사람이 나였으면 좋겠다는 마음을 담은 것이다.

'덕담'은 '덕이 담긴 이야기'라는 뜻이다. 그리고 남이 잘되기를 바라서 하는 이야기인 만큼 덕담에는 가치가 담겨야 한다. 그런데 우리가 흔히 하는 덕담에 한 가지 놓치고 있는 부분이 있다. 바로 덕담이라는 말이 덕이 담긴 이야기라는 점이다. 덕이 없으면 덕담이 아니다. 덕담을 할 때는 이 이야기 속에 덕이 들어 있는지 늘 고민을 해야 한다.

우리가 새해 아침이면 흔히 하는 덕담이 있다.

"좋은 대학 가거라."

"올해는 대박 나라."

"좋은 회사에 취직해라."

"좋은 사람한테 시집 가거라."

과연 이런 말에 덕이 담겨 있는가? 이런 덕담은 덕과는 관계가 없다. 부자가 되라는 말에 덕이 있는가? 단순히 좋은 대학에 가고, 좋은 회사에 취직을 하라고 말하는 것에서 덕을 찾아볼 수 없다. 덕담이라기보다는 출세하기를 바라는 어른들의 마음이 고스란히 담긴 말에 지나지 않는다. 신년 연하장에도 이런 말이 많다.

"올해는 더욱 건강하세요."

이 말은 건강하지 않은 사람은 나쁘다는 것으로 받아들여질 수도 있다. 그리고 우리가 살다 보면 아플 수도 있다. 나도 "선생님 오래오래 건강하세요" 하는 말을 가끔 할 때가 있는데, 그때마다 내가 해놓고도 움찔한다. 건강한 게 좋지만, 건강하지 않은 사람은 '나는 문제가 있는 사람이구나!' 하는 기분이 들어 슬플 것 같다.

그래서 나는 당신이 아프지 말았으면 좋겠지만, 아프더라도 슬프지 않았으면 좋겠다는 말을 덧붙인다. 그렇지만 슬플 때도 있을 것이다. 당신이 슬프지 말았으면 좋겠지만, 혼자라서 분명 슬플 때도 있을 것이다. 당신이 그러할 때 내가 힘이 되었으면 좋겠다는 생각을 한 것이다.

새해 내가 하는 덕담 중에는 이런 것도 있다. '새해 복 많이 받으세요' '새해 즐거운 일이 많으시길 바랍니다'라는 말 대신에 다음과 같은 말을 적어 보낸다. 행복하고, 새해 복 많이 받고, 새해에 즐거운 일이 많은 게 자신만의 일이 아니라 다른 사람과 함께할 수 있었으면 하는 내용이다.

새해 행복하세요. 그리고 다른 사람도 행복하게 해주셨으면 좋겠습니다.
새해 즐거운 일이 많았으면 좋겠습니다. 그리고 다른 사람도 행복하게 해주셨으면 좋겠습니다.
새해 외롭지 않으시기 바랍니다. 그리고 다른 사람도 외롭지 않게 해주시기 바랍니다.

이 말은 늘 서로에게 해야 하는 말이다. 행복은 연결되어 있다. 나만 행복하고, 나만 즐겁고, 나만 외로워서는 안 된다.

돌보다,
관심을 가지고 살펴보다

검푸르다, 높낮이…….

우리말에는 중간 어미가 빠진 단어들이 있다. '검고 푸르다' '높고 낮다'에서 검푸르다, 높낮이가 된 것이다. 돌보다도 그러한 단어 중에 하나이다. 돌보다는 참 좋은 우리말인데, 원래는 '돌아 보다'이다. '돌보다'라는 말은 '보다'와는 전혀 다른 말이다. '아이를 돌보다'와 '아이를 보다'의 느낌을 비교하면 차이점을 알 수 있을 것이다. 돌보다에 훨씬 더 많은 애정이 느껴진다. '돌보다'는 '돌다'와 '보다'가 합쳐진 말이다. 돌다와 보다가 합쳐진 말로는 '돌아보다'와 '돌보다'가 있다. '돌아보다'의 의미를 살펴보면 '돌보다'의 의미도 추론이 가능하다.

'돌아보다'는 두 가지 뜻이 있다. 하나는 '뒤를 돌아보는 것'이다. 누가 뒤에서 부르면 우리는 뒤를 돌아본다. 다른 하나는 '마을을 돌아보는 것'이다. 보이지 않는 구석구석까지 살펴보는 것을 우리는 '돌아보다'라고 한다. 돌보다는 이런 느낌의 단어이다. 보이지 않는 곳까지 살펴보는 것이다. 돌보다는 관심이 들어가 있는 단어이다.

그러니까 우리가 아이를 돌볼 때, 학생을 돌볼 때, 환자를 돌볼 때는 보이지 않는 곳까지 세밀히 살펴야 한다. 돌보다는 말을 가장 잘 표현한 말이 '아이를 돌보다'이다. 아이는 그냥 보기만 해서 되는 게 아니라 잘 돌보아야 한다. 아이가 울기 전에 시간 맞춰서 우유를 먹이고, 오줌을 싸지는 않았는지, 응가를 하지는 않았는지, 아이가 불편한 곳이 없는지 시시때때로 살펴본다.

사람 관계에서도 돌보는 게 필요한데 그렇지 못할 때가 많다. 가장 대표적인 사람들이 선생님이다. 선생님은 학생을 돌보는 사람이어야지 보는 사람이어서는 안 된다. 중학교 선생님으로 있는 후배가 얼마 전에 들려준 이야기이다. 요즘도 중고등학교에 가면 수업 시간에 자는 학생들이 많다고 한다. 슬픈 일이다. 학교가 자는 곳이 되어 있는 현실이.

그날도 후배가 아침에 수업에 들어갔더니 학생들이 자고 있었다고 한다. 보통 남학교에서는 그럴 경우 선생님이 자는 학생 옆으로 가서 등짝을 때린다.

"일어나!"

"선생님이 들어왔는데도 안 일어나!"

그러면 학생들은 짜증스럽게 맞받아친다.

"아, 뭐예요?"

"아이 아파, 선생님 왜 그러세요?"

후배는 늘 그래왔듯이 자고 있는 학생 옆으로 가서 손을 올렸다 확 내려치려는 순간, 학생 등에 손을 살짝 대고 말했다고 한다.

"너 요즘 많이 힘들어?"

그랬더니 그 학생이 막 울더라는 것이다.

그때 학생을 때렸으면 학생은 짜증을 내면서 "뭐예요?" 하고 말았을 텐데, 후배는 움찔했다고 한다.

'그동안 나는 아이들한테 얼마나 무심했던가!'

수업 시간에 학생들이 자고 있으면, 그냥 수업하기 싫어서 그런가 보다 생각하고 만다. 그 학생한테 어떤 사정이나 고민이 있을 거라고 생각해보지는 않았을 것이다.

'집에 문제가 있나?'

'밤늦게까지 아르바이트를 했나?'

'공부가 왜 하기 싫을까?'

이런 생각을 하기도 전에 무조건 눈앞에서 자고 있는 상황만 보고 '이런 나쁜 놈' 한다. 나쁜 놈이니까 맞아도 싸고, 그러니까 등짝을 때린다. 나는 그 학생은 그 다음 수업시간부터는 자지 않았을 거라고 생각한다.

의사도 환자를 돌보는 사람들이다. 좋은 의사 선생님들은 환자들이 찾아오면 관심을 가지고 돌본다.

"지난번 오셨을 때 ○○가 편찮으셨는데 지금은 좀 어떠세요?"

자신이 어디가 아픈지를 기억해주는 의사 선생님과 내가 왔는지 안 왔는지도 모르는 의사 선생님은 엄청난 차이로 다가온다. 나를 환자로 보는 선생님과 돌보는 선생님에 대한 신뢰 또한 완전히 다르다.

보다와 돌보는 관계는 많은 생각을 하게 한다. 나를 돌보는 사람, 내가 돌봐주는 사람이 많아질수록 살 만한 세상이 될 것이다. 사람과의 관계에서 서로 돌보는 사람이 많아야 한다. 지금 내가 돌보고 있는 사람은 누군가?

손가락질,
세 손가락은 나를 향하다

　남에게 손가락질을 당하고 기분 좋은 사람은 없다. 손가락질은 손가락을 움직이는 동작이다. '-질'이라는 말은 주로 행위를 나타낼 때 쓰인다. 발길질, 헛손질 등에 쓰이는 말이다. 보통 좋은 행위에는 쓰지 않는다. 손가락질도 좋은 행동이 아니다. 손가락질은 남을 비난하는 의미이다. 손가락질을 받는다는 말은 남에게 비난을 받는다는 말이고, 손가락질을 하는 것도 남을 비난하는 게 된다. 함부로 남을 가리켜서는 안 된다.

　손가락으로 사람을 가리키는 게 왜 나쁜 행위일까? 우리와 인종이나 문화가 비슷한 몽골에서는 예전에 사람을 손가락으로 가리키면 죽으라는 의미였다고 한다. 대부분의 나라에서도 손가락으로 사람을 가리키는 것은 좋지 않은 행위이다. 손가락질을 할 때 재미있는 현상이 있다. 남을 가리키는 손가락은 하나인데 나를 가리키는 손가락은 세 개라는 점이다. 단순한 이야기처럼 보이지만 반성을 많이 해야 하는 이야기이다. 다른 사람을 비난할 때 나를 향한 손가락을 기억해야 한다. 손가락질을 할 때 자신의 손을 가만히 들여다보라.

우리나라 사람들은 손가락으로 남을 가리키는 행위 자체도 좀 두려워한 듯하다. 실제로 사람들이 싸울 때 보면 남을 손가락으로 막 가리키는 경우는 별로 없다. 삿대질을 하지 않느냐고 되물을지 모르겠다. 하지만 삿대질의 모습을 가만히 살펴보라. 우리나라 사람들은 싸울 때 하는 삿대질이 가장 심각한 행위이기도 하다. 그런데 삿대질하는 장면을 잘 보면 재미있는 현상을 발견하게 된다. 그렇게 심하게 싸우면서도 손가락 끝은 상대편을 향하지 않는다. 손가락을 가만히 살펴보면 하늘로 향하고 있다. 외국 사람들도 매우 재미있어하는 한국인의 몸짓이다. 다른 나라 사람들은 싸울 때 손가락이 하늘을 향하지 않는다. 그만큼 우리는 다른 사람에게 손가락질하는 것을 싫어했고, 두려워했다.

누구를 비난하고 싶을 때 마음속으로 세 손가락을 기억하기 바란다. 자기 잘못을 보는 게 중요한데, 사람들은 늘 자기 잘못은 못 본 채 남의 잘못을 보려 한다. 누구를 싫어해서 비판하고 싶을 때는 나머지 세 손가락을 보면서 나는 잘했나, 나는 문제 없나, 그 사람을 비난할 자격이 없나 생각해보고 고민해보면 좋지 않을까. 제 눈의 들보는 보지 못하고 남의 눈의 티끌만 탓한다는 우리의 속담이 생각난다.

왕따,
무리 속에 들어와야 생명을 부여받는다

　최근에 생긴 말 중에 참 마음 아픈 말이 하나 있다. '왕따'라는 표현이다. 처음에는 이 말이 유행어처럼 생겼다. 유행어라는 것은 생겼다 사라지기도 하고 굳어지기도 한다. 굳어지면 사전에 들어오게 된다. 사전에는 좋은 말이 들어와야 하는데 '왕따'는 좋지 않은 표현이 들어온 대표적인 예이다.

　왕따를 줄여서 '따'라고도 한다. '따돌리다'라는 말을 줄여서 쓰는 표현이다. '따돌리다'라는 말은 함께하지 않고 따로 있게 한다는 말이다. 나는 이 말을 들을 때면 나무에 열매가 많이 열려 있는데 그중에 하나만 따는 장면이 떠올려진다. 따기 위해서

획 돌리는 모습이 연상된다. 뚝 하고 떨어져 나오는 모습에서 나무에서 멀어지는 애절함이 느껴진다. 나무는 생명이다. 서로 연결되어 있는 귀한 생명이다. 나무에는 열매도 있고, 가지도 있고, 뿌리도 있다. 그런데 열매 하나만 따버리면, 그 딴 열매는 영원히 그 나무에서 분리되어버린다.

왕따당한 아이도 그 무리에서 벗어나 다시는 돌아갈 수 없는 상황이 된다. 뿌리는 뿌리대로 줄기는 줄기대로 열매는 열매대로 살 수 없는 게 나무 아닌가. 모두가 모여 하나의 생명을 이루는 것이니까. 돌아가지 못하고 분리된 열매는 얼마나 외롭고 쓸쓸하겠는가! 마찬가지로 왕따를 당한 친구도 다시 무리 속으로 들어올 수 있게 해주어야 그 친구는 비로소 생명을 부여받고 숨을 쉴 수가 있다.

내가 어릴 때는 왕따가 없었다. 아니, 어쩌면 더 많이 있었을 것이다. 하지만 왕따라는 말이 없었기 때문에 다시 무리 속으로 돌아오곤 했다. 따라서 왕따인 아이는 없었다. 좀 못 어울리는 아이가 있었을 뿐. 그런데 일본어의 이지메라는 개념이 들어오면서 이에 해당하는 우리말 표현이 생기게 되었다.

나는 처음에 '이지메'라는 말을 들었을 때 무척 어처구니가 없었던 기억이 있다. 사람 사이에 저렇게 따돌린다는 것이 말이 될

까? 투명인간 취급한다는 것이 말이 될까? 학교뿐 아니라 직장에서도 이지메가 있다는 말을 듣고 어이가 없었다. 다 큰 어른이 무슨 짓인가? 그런데 이지메가 왕따라는 말로 바뀌더니 우리 사회에도 이지메가 들어왔다. 슬픈 일이고, 부끄러운 일이다.

인간은 사회적 동물이라는 말이 있다. 이 말을 사람들은 단순히 모여 사는 것 정도로 해석한다. 하지만 원래 서양에서의 '사회'라는 개념은 서로 돕는다는 의미가 있었다. 서로 돕지 않으면 사회가 아니다. 서로에게 관심을 갖지 않으면 사회가 아니다. 왕따를 시키는 곳은 사회가 아니라 그냥 집단일 뿐이다.

언어가 무서운 건 말이 생기면 개념이 굳어진다는 것이다. 원래는 그런 현상이 없다가도 말이 생김으로써 그 개념이 굳어져서 그런 현상이 더욱 나타나기도 한다. 왕따라는 말이 생기고 나서 왕따가 더욱 많이 생겼다. 예전에도 따돌림을 당한 아이가 있었지만, 그때는 왕따라는 말이 없었기 때문에 한동안 따돌림을 당하던 아이도 새로운 친구들이 생기면 그 친구들이랑 놀았다. 그런데 왕따라는 말이 생기고부터는 한번 왕따는 영원한 왕따로 굳어져버린다. 왕따가 별명이 되고, 왕따가 낙인이 되어버린다. 연예인들도 쉽게 텔레비전에 나와서 "저는 어릴 때 왕따였어요"라는 말을 한다. 무서운 말이다. 자신이 왕따였다고 생각하는 순간 불행의 깊이는 더 깊어진다. 기억 속에서 잘 잊혀지지가 않는다.

"쟤 초등학교 때 왕따였다며?"

이런 말을 하는 순간 그 아이는 왕따가 되어 왕따로 굳어진다. 따돌림을 당했는데 보호를 받지 못하고 더욱 안 좋은 상황으로 내몰리는 것이다. 이런 말은 안 썼으면 좋겠다. 우리가 안 쓰다 보면 자연스레 사라지는 게 언어이다. '왕따'라는 말을 쓰지 말아보자. 그래서 왕따 현상도 날려 보내자.

짜증,
자신을 쥐어짜는 병

짜증도 병이다. 짜증이 병이라는 것은 '-증'을 보면 알 수 있다. 증은 주로 병에 붙는다. 우울증이나 불면증, 의처증이나 의부증이 다 병이다. 그런데 흥미로운 것은 순우리말 어휘에도 '증'이 붙는 말이 있다는 것이다. 이런 말들은 우리나라 사람들이 병처럼 인식했다는 증거가 된다.

대표적인 단어가 '싫증'과 '짜증'이다. 싫증은 무엇을 싫어하는 증상이다. 처음에는 좋았던 것도 여러 번 하다 보면 식상해지고 하기 싫어진다. 싫증은 종종 주변에 있는 것들의 고마움을 모를 때 생기는 병이다. 짜증은 증세가 더 심각한 병이다. 왜냐하면 짜증은 전염성도 강하기 때문이다.

짜증은 어떤 병일까? 단어의 구조가 해결의 실마리를 보여준다. 짜증은 무언가를 짜는 병이다. 새로운 아이디어를 짜낸다면 좋으련만 짜증은 주로 인상을 쓰게 되고, 자신의 마음을 쥐어짜게 된다. 그런 경우에 여유는 사라진다. 마음에 빈자리가 없어지는 병, 다른 사람이 마음속에 들어와 있을 수 없는 병이 짜증이다.

우리는 사람들과 이야기할 때 쉽게 '짜증나!'라는 말을 한다. '짜증나게 왜 그래?'라는 표현도 한다. 아이들 중에도 짜증이 입에 붙어 있는 경우가 있다. 옆에서 누가 이런 말을 하면 기분이 어떨까? 가족 중에서 이런 말을 하는 사람이 있으면 그 가정은 어떻게 될까? 짜증이 전염된다는 말은 집안이 한 사람의 짜증으로 망가질 수 있다는 말이다.

짜증을 많이 내는 사람은 얼굴이 짜증으로 굳어져 간다. 얼굴만 봐도 저 사람은 성격이 좋지 않겠다고 판단하는 경우가 있다. 그런 사람은 대부분 짜증이 얼굴 모습에 남아 있게 된 것이다. 미국의 링컨 대통령은 나이를 먹으면 자신의 얼굴에 책임을 져야 한다는 말을 했다. 자신의 얼굴 모습은 짜증과 미소로 판가름 난다. 평소에 미소를 많이 지으면 부드러운 이미지가 되고, 짜증이 많으면 거친 이미지가 된다.

마음에 들지 않을 때 짓는 표정을 벌레 씹은 표정이라고 하는데 짜증이 습관이 되면 벌레 씹은 표정으로 살게 된다. 농담으로 말하면, 밤을 먹다가 반만 남은 밤 속에 벌레가 반만 보일 때의 느낌이라고나 할까. 생각만 해도 끔찍하고 찝찝한 표정이 만들어진다.

얼굴에 주름이 안 생길 수는 없다. 하지만 짜증으로 만들어진 주름의 골은 사람들을 멀어지게 하고 불편하게 한다. 미소로 이루어진 주름은 사람들을 웃게 한다. 내 짜증으로 나와 내 주변을 망가뜨려서는 안 된다.

고통,
고통과 고통 사이에 행복이 있다

우리말의 '괴롭다'는 말은 '고통苦痛'의 '고苦'에서 왔다. '이롭다, 해롭다'처럼 '고롭다'라는 단어였는데, 글자의 모양이 바뀌어 한자어라는 생각이 옅어진 단어이다. 사람이라면 누구나 고통이 없는 인생은 없다. 이 고통이 계속될 거라고 생각하면 살 수 없다. 극단적인 선택을 하는 사람들도 생긴다. 하지만 생각해보면 고통과 고통의 사이사이에는 즐거운 일들이 있다. 하루 종일, 일 년 내내 고통스럽기만 한 사람은 없다. 정말 끔찍하고 괴로운 일을 당하고 있는 사람일지라도 웃을 일이 있고 즐거운 일이 있기 마련이다.

이런 생각을 못하고 지금 이 순간 너무 고통스럽고, 내일도 이 고통에서 벗어날 길이 보이지 않는다고만 생각하면 당연히 살 수가 없다. 내가 사랑하는 사람들, 나를 사랑하는 사람들을 만나서 슬픔에 대해서, 고통에 대해서 이야기를 나누다 보면 그 슬픔과 고통도 옅어지게 마련이다. 고통이 행복을 넘어설 수가 없다는 것이 나의 결론이다.

조금 심하게 이야기하자면 우리 인생의 51퍼센트가 고통, 49퍼센트가 행복이라고 하면 나는 살 필요가 없다고 생각한다. 분명 우리 인생의 행복과 불행의 총량을 말해보라고 하면 최소한 절반 이상은 행복일 것이다. 오늘은 이 사람을 만나서 힘들었지만 다른 사람들을 만나서 즐거울 수 있다. 나를 힘들게 하는 사람과 함께하는 시간보다 나를 위로해주고 따뜻한 손길을 내미는 사람들과 함께하는 시간들이 더 많다. 그런 사람을 만나려고 노력하면 된다. 그런데 우리는 나를 행복하게 해주는 것들보다 나를 힘들게 하는 것들을 더 오래, 더 깊이 생각하기 때문에 온통 불행한 것처럼 생각된다.

정말 자신이 고통스러운지 아닌지는 밥을 먹어보면 금방 안다. 힘들다고 하면서도 밥은 다 먹는다. 정말 힘들다면 밥이 안 넘어간다. 지금 내가 밥 먹을 힘이 있고 밥을 먹고 있다면 고통스럽기만 한 것은 아니라는 증거이다. 음식이 맛이 있다면, 노래가 듣기 좋다면, 여행을 가고 싶다면 행복한 것이다.

첫째 장 '일'에서 이야기한 시시포스도 처음에 돌을 굴리고 올라갔을 때는 무척 힘들었을 것이다. 하지만 한 번 굴리고, 두 번 굴리고, 여러 번 굴리고 올라가면서 돌을 굴리는 요령도 생기고 더욱 수월해졌을 것이다. 내려오는 길도 처음에는 지쳐서 터벅터벅 내려왔겠지만, 다음 날 그 다음 날은 더욱 발걸음 가볍게 내려왔을 것이다. 이렇게 고통의 양은 점점 줄고 기쁨과 행복의 양을 늘려가면 된다. 이게 우리 사람 사는 세상이다. 그런데 이 진리를 모르는 사람들이 많다. 아무도 이야기를 해주지 않기 때문이다.

지금 당신이 고통스럽다고 생각하는가? 다음 이야기를 보자. 부처님의 이야기이다. 부처님은 전생에 전전생에 전전전생에 많은 공덕을 쌓아서 부처님으로 태어났다. 그런데 싯다르타로 태어나서 가장 먼저 당한 일이 어머니를 잃은 것이다. 그렇게 많은 공덕을 쌓고 태어난 부처님도 태어나자마자 어머니를 잃어 엄마의 손길을 받아보지 못했다. 엄마 없는 아이보다 가여운 아이도 없다. 그런데도 부처님은 절대 고통스럽지도 불행하지도 않은 사람이었다. 자신의 모든 고통을 이겨내면서 살아갔기 때문이다.

우리가 성현이라고 일컫는 소크라테스는 부모가 누구인지도 모른다. 우리 역사에서 철학자로 이름을 알린 퇴계 이황 선생도 아버지를 일찍 여의었다. 나는 퇴계 선생의 생애를 보면서 마음이 아팠다. 홀어머니 밑에서 자랐는데 결혼을 해서 둘째 아이를 낳다 부인이 떠나 홀아비 신세가 되었다. 엄마 얼굴도 모른 채 자란 둘째 아들은 결혼을 하루 앞두고 비명횡사한다. 그래서인지 퇴계 이황 선생님의 글을 보면 다른 사람의 고통도 나의 고통처럼 생각하는 게 여겨진다. 고통에 대한 이해의 폭이 넓다.

우리가 보기에 정말 행복해 보이는 사람도 알고 보면 엄청난 고통을 안고 있을 수 있다. 인간은 누구나 고통스럽기 때문이다. 하지만 그 고통의 총량은 절대 행복의 총량을 넘지 못한다. 살다 보면 분명 웃을 일이 있고, 고통보다는 행복한 시간들이 더 많다는 것을 기억하자. 행복은 내가 노력하기에 따라 달라진다. 힘들다면 좋은 사람을 만나고, 좋은 책을 읽고, 맛있는 음식을 먹으라.

독선,
나만 착하고 옳다고 생각하다

착하다는 것은 나쁜 말이 아니다. 착하다는 말을 바보와 같은 말로 생각하는 경향이 있다. 착한 게 어찌 바보일 수 있을까? 착한 사람을 바보 취급하는 사회는 불행한 사회이다. 그런데 가끔 착한 사람이 문제가 되는 경우도 있다. 그건 자기만 착하다고 생각하는 사람이다. 우리는 그런 사람을 독선적이라고 한다. 이런 경우는 실제로는 착하지 않은 경우가 더 많다. 자기주장이 지나치게 강한 사람은 독선적이 된다. 나의 주장을 하는 만큼 다른 사람의 이야기도 귀 기울여 듣는다면 나도 주변 사람들도 훨씬 편하게 즐겁게 보낼 수 있다.

독선, 독선적인 사람 하면 먼저 안 좋은 이미지가 떠오를 것이다. 하지만 독선은 원래 좋은 말이다. 혼자 착한 게 독선이니까. 그런데 독선이 왜 나쁠까? 자기만 착하다고 생각하기 때문에 나쁜 것이다. 독선이 나쁜 게 아니라 나만 착하고 나만 옳다고 생각하기 때문에 나쁜 것이다.

독선이 위험한 것도 독선적으로 생각하기 때문이다. 위선이라는 말도 자신이 선한 것처럼 행동하기 때문에 나쁜 것이다. 선한 게 나쁜 게 아니다. 선한 것처럼 행동하거나 자기만 선한 줄 알고 다른 사람의 의견을 듣기 않기 때문에 나쁜 것이다. 아돌프 히틀러나 흥선대원군은 자신의 생각만 맞다고 고집해 한 사람은 세계 역사에 씻지 못할 과오를 남겼고, 한 사람은 진보할 수 있었던 우리 역사를 퇴보시키고 말았다.

이런 경우는 독선이 아니라 독악獨惡이다. 자기만 맞고 다른 사람들은 틀렸다고 생각해 전 세계를, 우리 역사를 위험 속에 빠뜨렸다. 정작 착한 사람들은 자기만 착하다고 하지 않는다. 착하지 않은 사람들이 자기만 착하다고 얘기한다. 내 주장이 너무 강해질 때 자칫 나만 맞고 다른 사람은 틀리다고 생각하는 건 아닌지 자기를 돌아보아야 한다. 나의 시각으로 보는 주관이 아니라 독선으로 가고 있는 건 아닌지 경계해야 한다. 자기주장을 강하게 하는 걸 주관이라고 착각해서는 안 된다.

우리 속담에 '맑은 물에는 고기가 놀지 않는다'는 말이 있다. 나는 한동안 이 말을 이해할 수 없었다. 맑은 것은 좋은 것이다. 그런데 이 속담대로라면 맑은 게 나쁜 게 된다. 왜냐하면 사람들이 모이지 않기 때문이다. 하지만 어찌 맑은 사람이 나쁜 사람이겠는가? 여기서 놓쳐서는 안 되는 것이 있다. 즉 맑은 게 아니라 지나치게 맑은 것이다. 지나치게 맑다는 말을 달리 말하면 독선이다. 자기만 옳고 다른 사람은 틀리다고 생각하니 주변에 사람이 모일 리 없다. 그런 사람 근처에만 가도 답답하다.

반대로 '덕불고德不孤'라는 말도 있다. 이 말은 덕이 있는 사람은 외롭지 않다는 말이다. 맑더라도 다른 사람의 잘못도 용서할 줄 아는 사람이어야 한다. 착하게 살아야 한다. 하지만 여유를 가지고, 다른 사람을 바라보기도 해야 한다. 우리 선조들은 독선을 위험하게 보았다. 그래서 고기가 놀지 않는다고 주의를 준 것이다.

고정관념,
세상을 보는 시각이 고정되다

우리가 세상을 보는 각도에 따라 세상은 참 많이 다르다. '보는 각도'를 '시각'이라고 한다. 시각에서 중요한 것은 각도이다. 사람이 보는 각도가 있다. 내가 보는 각도가 30도라면 세상을 30만 본다. 보는 각도가 50도이면 50도, 90도이면 90도, 180도이면 180도, 360도이면 360도를 본다. 세상을 30도만 보는 사람과 360도를 보는 사람의 차이는 얼마나 크겠는가?

우리 삶의 과정은 시각을 넓히는 과정이다. 나이가 어릴수록 시각을 넓히기 위해 노력하는 과정이라고 할 수 있다. 시각이 넓혀지지 않고 고정되어 있는 사람들에게는 고정관념이 있다. 편협한 시각, 죽은 시각을 가지고 있는 사람들이다. 이런 사람은 시각을 넓히는 게 무엇보다 중요하다.

　시각을 넓히는 가장 좋은 방법은 선생님을 만나는 것이다. 어떤 분을 만났더니 내 시각이 넓어졌다면 좋은 선생님을 만난 것이다. 우리는 그런 분을 스승이라고 한다. 여태까지 만나지 못했다면 앞으로 만날 수 있도록 노력해야 한다. 스승은 평생을 찾아다녀야 하는 분이다. 옛날에 성인은 모두 그 시대에 가장 좋은 스승이었다. 그래서 성인을 선생님이라고 부른다.

　좋은 책을 만나는 것도 하나의 방법이다. 좋은 책을 만나고 삶에 대한 태도, 인생을 바라보는 눈이 넓어졌다면 시각이 넓어졌기 때문이다. 우리가 살면서 시각을 넓히는 일은 매우 중요하다. 고정관념을 벗어나는 가장 좋은 방법은 다른 관점에서 바라보는 것이다. 시각이 보는 각도라면 관점은 '보는 점', 그러니까 어느 쪽에서 보았는가 하는 것이다.

　예를 들어 밤하늘에 떠 있는 달을 생각해보자. 우리는 어릴 때부터 달에는 토끼와 계수나무가 산다고 이야기를 들었을 것이다. 나도 어릴 때 달을 보면 계수나무와 토끼가 있다고 해서 열심히 봤다. 어느 날 보니까 계수나무는 보였는데 토끼는 아무리 봐도 보이지 않았다. 달의 어두운 면을 잘 보면 계수나무처럼 보인다. 이것도 보름달이 떴을 때 봐야지 평소에는 잘 안 보인다. 보름달이 뜨면 나가서 달 속의 계수나무를 찾아보라.

그런데 중학교 들어가서 서양 신화를 공부하는데, 서양 신화에서는 달에 여신이 산다는 것이다. 달을 열심히 봤더니 아무리 봐도 여신이 보이지 않았다. 어느 날 달의 밝은 부분을 잘 보니까 여신의 얼굴이 보였다. 달에서 동양 사람들은 어두운 면을 보아 계수나무가 있다고 하고, 서양 사람들은 밝은 부분을 보아 여신이 있다고 한 것이다. 동양 사람들은 음양이라고 해서 음을 중요시 여기는 걸 알 수 있다.

달의 어두운 면을 보는 것과 밝은 면을 보는 것은 전혀 다른 결과를 만들어낸다. 계수나무가 있으니까 토끼도 만들었다. 밝은 부분을 본 서양 사람들은 다양한 여신에 관한 이야기를 만들어냈다. 나는 밝은 곳과 어두운 곳을 함께 보았을 때 훨씬 다양한 세상을 만날 수 있다고 확신한다. 어두운 면과 밝은 면이라는 다른 측면을 함께 보는 게 훨씬 시각을 넓혀주는 좋은 예이다.

토마토도 마찬가지이다. 토마토는 우리나라에서는 과일로 먹지만 서양에서는 야채로 생각한다. 이것도 관점의 차이인데, 이걸 보면서 나는 내가 맞겠다고 생각하는 것이 다른 사람에게는 틀릴 수도 있구나 하는 것을 생각했다. 내 관점이 꼭 맞을 거라고 생각하는 것이 고정관념이 되고, 편견이 되고, 선입견이 될 수 있다. 다른 사람의 관점에서 보려고 하는 태도들이 매우 중요하다.

외국 사람들은 한국 사람이 식사 후에 디저트로 토마토를 내놓는 것을 보고 당황한다. 심지어 케이크에 방울토마토가 올라가 있는 것을 보고 이해를 못하기도 한다. 그들에게 토마토는 야채일 뿐이다. 이렇듯 문화 사이에는 수많은 토마토가 있다. 고정관념이 있다는 말이다. 편견은 다른 문화의 사람을 이상한 사람 취급하게 만든다. 시각을 넓혀야 한다. 다양한 관점을 이해해야 한다. 그래야 세상을 넓고 아름답게 본다.

다르다,
틀린 것이 아니다

사람은 생긴 모습이 다르듯 생각도 저마다 다르다. 가끔 우리는 이 사실을 망각하고 사는 것은 아닐까? 어느 순간 '저 사람과 내 생각은 다르다'가 아닌 '저 사람과 내 생각은 틀리다'가 되어 버린다. 다른 것과 틀린 것은 전혀 다른 말이다. '다르다'의 반대말은 '같다'이지만 '틀리다'의 반대말은 '맞다'이다. 다른 것은 다양성을 보여주지만, 틀린 것은 잘못을 나타내게 된다.

TV에서 토론하는 장면을 보면 말실수로 재미있는 상황이 연출되기도 한다. 다른 사람의 주장을 한참 듣고는 "내 이야기는 틀립니다" 하고 이야기를 시작하는 것이다. 이 이야기는 들을 필

요도 없다. 왜냐하면 자신의 주장을 틀리다고 이야기했기 때문
이다. 이때는 틀리다는 말 대신 다르다는 말을 했어야 한다. 나의
이야기, 저 사람의 이야기가 틀리고 잘못되었다는데 더 이상 무
슨 토론을 하겠나. 서로 이야기를 할 필요가 없다. 생각의 차이도
그만큼 커진다. 다르다와 틀리다의 간극은 멀고도 깊다.

우리는 나와 다른 모습의 사람을 배격하기도 한다. 하지만 모
든 사람이 똑같이 생기고, 똑같이 생각한다면 무슨 재미일까? 아
마 하루도 견디지 못할 것이다. 쌍둥이 아이들도 모든 게 똑같다
면 부모로서는 아이 키우는 게 재미없고 더 힘들어질 것이다. 자
식들도 너무 다르다. 어쩌면 저렇게 다를까 할 정도로 다르다. 어
떤 경우에는 엄마 아빠와도 안 닮았다. 그래서 문제라는 말이 아
니라. 그래서 재미있다는 말이다. 다르다는 것은 좋은 것이다. 다
르기 때문에 더 재미있다.

그런데 우리는 '다르다'와 '틀리다'를 너무 쉽게 오해해서 사
용한다. '비슷하다'도 오해가 많은 단어이다. 비슷하다는 같은 게
아니다. 다른 것이다. 우리가 정확하게 맞았을 때는 '맞았다', 잘
못 맞았을 때는 '빗맞았다'라고 한다. '빗금, 빗나갔다'도 정확하
지 않다는 의미의 단어이다. 비슷하다고 나쁜 뜻이라는 건 아니
다. 서로 다른 것을 인정하는 게 중요하다는 것을 말한다. 남과

똑같이 따라 하려다 보면 문제가 생길 수 있다. 자신만의 독창적인 모습을 찾아야 한다. 어쩌면 영원히 비슷한 모습으로 헤매게 될 수 있다.

'다르다'와 '닮다'의 어원은 같다고 한다. '닮다'는 똑같은 것은 아니지만 좋은 것이다. 자신이 좋아하는 사람에게 다가가고 싶은 것이다. 부모님을 닮고 싶어 하고, 선생님을 닮고 싶어 하고, 좋아하는 사람을 닮고 싶어 하듯. 그렇다고 그 사람과 똑같아지는 것은 아니다. 서로서로 차이는 있지만, 서로의 차이를 인정하는 것이다. 서로의 다른 점을 닮아가려고 하는 것이다.

그런데 여기서 서로 다른 것은 틀린 것이라는 오해를 많이 한다. 그래서 남남처럼 살아간다. 특히 다문화시대가 되고, 국제화시대가 되면서 서로 다른 사람을 이상한 눈으로 바라보게 되면 큰일이다. 거창하게 말하자면 세계의 분쟁은 모두 나와 다른 사람을 틀리다고 이야기할 때 발생한다. 서로 다르다는 것을 잘 인정해주고, 서로가 서로를 잘 닮아가려고 하는 데서 인정이 생긴다. 그렇지 않으면 서로 다른 점들을 자꾸 틀리다고 생각해서 문제가 생길 것이다.

얼마 전까지도 '살색'이라는 색이 있었다. 지금은 '살구색'으로 이름이 바뀌었다. 크레파스를 사면 살색이라는 색이 있었다.

어릴 때를 돌아보면 살색 크레파스가 제일 먼저 닳았던 것 같다. 왜냐하면 사람만 그리면 모두 살색을 칠했기 때문이다. 그런데 지금은 살색이라는 색이 차별적인 색이라 하여 더 이상 사용되지 않는다. 그야말로 살색은 사람마다 다르다. 다문화시대에는 더더욱 그렇다. 살색도 다른 것이지 좋고 나쁜 게 있는 게 아니다. 문화는 판단하는 게 아니고, 이해하는 거다. 즉 문화는 틀린 게 아니고 다른 거다.

일곱째 장

설렘과
기다림

내일,
오지 않은 내일보다 오늘이 중요

오늘, 어제, 그제, 모레, 글피…….

때를 나타내는 순 우리말이다. 그런데 내일이라는 말만 한자
어로 되어 있다. 농담처럼 말하지만 우리에겐 '내일'이라는 말이
없다. 우리나라 사람들이 가지고 있는 현재에 대한 긍정적인 생
각을 잘 드러내는 말이다. 우리에겐 오지 않은 내일보다는 늘 현
재가 중요하다. 가만 보면 우리는 내일뿐 아니라 내세에도 관심
이 없다. 신에게도 비교적 관심이 없고 신화도 많이 없다. 우리나
라 사람들의 이런 사고방식을 가장 잘 보여주는 말이 있다.

'개똥밭에 굴러도 저승보다 이승이 낫다.'

이승은 이 생生이라는 뜻이고, 저승은 저 생이라는 뜻이다. 그리고 사람이 죽어도 '천국 간다, 천당 간다'라는 표현보다는 그저 '좋은 데 간다'라는 표현을 쓴다. 죽음 이후를 구체적으로 깊이 생각하지 않기 때문에 일어나는 현상이라고 생각한다. 우리가 말끝마다 '죽겠다, 죽겠다' 하는 것도 이런 우리의 사고방식이 고스란히 담긴 것이다.

외국인들이 가장 이해하지 못하는 우리말이 있다. 바로 '예뻐 죽겠다, 보고 싶어 죽겠다, 배고파 죽겠다'라는 말이다. 그들은 어김없이 이런 질문들을 한다.

"아파 죽겠다, 힘들어 죽겠다는 이해가 가는데, 예쁜데 왜 죽어요? 보고 싶은데 왜 죽어요?"

이것은 우리가 죽음에 큰 관심이 없고, 그다지 두려워하지도 않음을 역설적으로 보여주는 예이기도 하다. 그야말로 입에 죽음을 달고 산다. 우리가 많이 쓰는 표현 중에 이런 말도 있다.

"요즘 죽어라 죽어라 해!"

오지 않은 미래, 내일, 내세에 대해서 큰 관심이 없기 때문에 대수롭지 않게 내뱉는 말이다. 우리가 죽은 이후에 관심을 두는 것은 오직 조상뿐이다. 그래서 '잘되면 조상 덕'이라는 말이 나온 것이다. 조상이 우리를 잘 돌보고 있으니 우리도 조상을 잘 모셔야 하는 거다. 조상이 어디에 계신지는 모르지만, 좋은 데 가셔서 우리 자손들을 잘 돌봐줄 거라는 믿음이 강하다. 우리의 전통적인 종교는 다름 아닌 '조상'이다.

우리랑 가장 가까운 조상은 누구일까? 바로 부모이다. 그러니까 자식은 부모를 잘 모셔야 하는 거다. 부모가 돌아가신 다음에는 소용이 없으니까 부모한테 잘하고 할아버지 할머니께 잘해야 하는 거다. 이런 생각 때문에 효가 우리를 대표하는 말이 되었다.

반대로 조상은 항상 우리를 돌보는 존재이다. 가장 가까운 후손은 누구인가? 바로 자식이 아닌가? 그러므로 부모는 가장 가까운 후손인 자식을 늘 곁에 두고 잘 돌봐야 한다. 우리나라 사람들의 지극한 자식 사랑도 이런 생각 때문에 더 깊은 것이 아닌가 한다. 부모가 죽으면 산에 묻고, 자식이 죽으면 가슴에 묻는다는 말이 있다. 참으로 부모의 사랑을 느낄 수 있는 가슴 아픈 속담이 아닌가?

우리는 현재의 삶이 중요하다. 우리에게는 내일이 아닌 오늘이 더 중요하기 때문에 오늘을 열심히 살고, 오늘 부모님께 잘해야 한다. 내일이면 이미 늦는 경우가 많다.

취미,
모두가 행복할 수 있는 것으로

우리는 살면서 취미가 무엇인가라는 질문을 참 많이 받는다.
취미란 원래는 업業을 위해 하는 일이 아니라는 뜻으로, 그 사람
의 관심사라고 할 수 있다. 그러니까 어떤 사람을 알고 싶을 때
꼭 나오는 질문이다. 선생님이 학생을 알고 싶을 때도 취미가 무
엇이냐고 물어보고, 처음 만난 남녀가 이야기를 나눌 때도 이 질
문을 꼭 한다. 이력서나 회사 입사 서류를 작성할 때도 취미를
쓰는 칸이 꼭 있다.

막상 취미를 적으려면 망설여지는 경우가 많다. 특별한 취미
가 없다고 말하는 사람도 많다. 가끔 독서라고 취미를 쓰는 경우

도 있는데 사실 얼굴이 달아오르는 취미이다. 왜냐하면 법정스님도 말했듯이 독서는 생활이지 취미일 수 없기 때문이다. 앞으로 독서를 취미로 적지 않기 바란다.

취미가 무엇이냐고 물어보면 가장 많이 나오는 대답 중 하나가 음악 감상이다. 음악 감상은 우리 일상생활 속에서 늘 함께해야 하는 것이다. 어느 날 갑자기 시간을 내서 하는 것이 아니라 생활하는 틈틈이 우리랑 늘 호흡을 함께하는 것들이다. 이런 것은 취미라기보다 생활에 가깝다. 취미라면 평소에 할 수 있는 것보다 좀 더 특별하게 할 수 있는 것이라면 더욱 좋을 것이다. 영화 감상이나 미술 감상 등도 취미가 아니라 생활이기 바란다.

여기서는 '좋은 취미'에 대한 이야기를 하려고 한다. 좋은 취미란 어떤 것일까? 첫 번째는 내가 좋아하고 만족하는 차원을 넘어 다른 사람들과 함께 나누고 다른 사람들을 행복하게 해주는 것이라고 말하고 싶다. 나의 취미가 주변사람에게는 외로움의 원인이 된다면 좋은 취미라 할 수 없다. 가족이나 친구들이 함께 할 수 있는 취미를 가져야 한다. 그런 취미를 찾으려고 노력도 해야 한다. 평일에는 일하느라 함께하지 못하고, 주말에는 홀로 낚시나 등산을 하러 간다면 남은 사람들은 불평불만에 휩싸일 수밖에 없다. 이런 것은 좋은 취미라고 할 수 없다.

다음으로는 생명을 죽이는 취미는 하지 말았으면 한다. 사냥을 생각해보자. 수렵시대에는 사냥을 해서 잡은 동물들로 먹고 살아야 했지만, 지금의 사냥은 단순한 재미, 자기만족을 위한 것이다. 내가 좋아하는 시간을 가지기 위해 아프리카 밀림으로 가서 사자를 죽이고, 기린을 죽이는 행위는 아름답지 못하다. 예전의 사냥은 전쟁의 연습이기도 했고, 가족을 위한 일이기도 했다. 하지만 취미로 할 일은 아니다. 살생 자체도 나쁘지만 취미로 살생을 저지른다는 것은 용서받기 어려운 행위이다.

한 미국인 치과의사가 짐바브웨의 유명한 우두머리 사자인 세실을 죽여, 세실의 남겨진 여섯 마리 새끼들이 똘똘 뭉쳐 엄마 없는 세상을 살아남은 이야기는 전 세계인들의 가슴을 뭉클하게 했다. 사자의 본성대로라면 세실의 형제인 제리코가 세실의 남은 새끼들을 죽여야 하지만, 제리코가 세실의 새끼들을 보호하고 있는 감동적인 이야기이다. 세실을 추모하며 〈라이온 킹〉 등 다양한 디즈니 애니메이션 영화에 참여한 애니메이터 아론 블레이즈Aaron Blasise가 그림으로 재현하기도 했다. 그 재현 과정이 영상으로 만들어져 전 세계인들은 다시 한 번 세실을 추모하며 인간의 잔인함에 분노했다.

이왕이면 세상을 아름답고 행복하게 만드는 취미를 가지면 더 좋지 않을까? 사냥을 해서 가만 두면 더 오래 살 수 있는 생명을 죽이고 아프게 만드는 행위가 과연 아름답고 행복한 취미라고 할 수 있을까? 모두가 즐겁고 모두에게 아름다운 취미라면 훨씬 더 재미있고 만족도가 높은 취미가 될 것이다. 가족이나 친구들끼리 등산을 함께하며 이런 이야기, 저런 이야기를 나누는 것도 좋은 취미이다. 책을 읽고 토론을 하는 모임에 참가하는 것도 좋다. 취미는 모두가 행복해야 한다.

여행,
세상의 빛과 어둠을 함께 보라

우리는 왜 여행을 떠날까? 어떤 사람은 밋밋한 일상을 탈출해서 새로운 삶의 에너지를 찾기 위해서라고 하고, 어떤 사람은 자신을 찾기 위해서라고도 한다. 모두에게 여행이 가지고 있는 의미는 각자 다를 것이다. 새로운 세상을 경험하는 것은 인간에게 무엇보다 귀한 축복이다. 그래서 독서를 하기도 하고, 텔레비전을 보기도 하지만 아무래도 가장 좋은 경험은 여행을 통해 직접 체험하는 것이다.

각자에게 여행이 주는 의미가 무엇이든, 내가 추천하고 싶은 여행 방식이 있다. 세상의 빛과 어둠을 함께 보는 여행을 하라는 것이다. 여행과 비슷한 단어로 관광이 있다. 그런데 관광이라고 하면 왠지 놀러 가는 느낌이 들기도 한다. 왜일까? 그것은 아마도 관광의 '광'이 '빛'의 의미라는 것에도 이유가 있지 않을까 한다. 밝은 것만을 보는 목적의 여행이라면 아무래도 놀이처럼 느껴질 수도 있기 때문이다. 그래서 관광이라고 하면 일반적으로 명소 위주로 돌아보게 된다.

세상의 밝은 곳을 보는 여행이 관광觀光이라면, 세상의 어두운 곳을 보는 여행은 관암觀暗이라고 할 수 있다. 진정한 여행이라면 이 두 가지를 다 보는 것이 아닐까 한다. 유명한 유적지만 보는 것이 아니라 뒷골목도 다니고 시장도 다니고 사람들이 사는 모습도 보고. 처음에는 호텔에 머물던 사람들이 민박을 하면서 여행지 사람들과 함께 생활하고 그들이 먹는 음식을 먹는 것도 이러한 맥락이다. 여행이라고 해서 꼭 배낭 메고 멀리 떠나거나 해외로 가는 것만을 말하는 건 아니다.

우리가 살고 있는 주변에도 여행을 할 곳이 많다. 유적지라고 하더라도 스토리를 알고 떠나면 훨씬 많은 것을 볼 수 있다. '아는 만큼 볼 수 있다'는 말은 여행에서 최고의 명언이다. 예를 들어 서울이라면 가장 대표적인 게 왕릉이다. 우리나라에는 왕릉이 참 많다. 그래서 세계문화유산으로까지 지정되어 있다. 그런데 안타까운 것은 이 왕릉들이 누구의 능인지 아는 사람이 많지 않다는 것이다. 홍릉, 선릉, 태릉, 광릉, 정릉, 의릉, 동구릉, 헌인릉 등 서울과 그 주변에 참 많은 능이 있다. 어떤 이는 심지어 지하철역 이름으로만 알고 있는 경우도 있다. 능의 이름뿐 아니라 적어도 누구의 능인지는 알아야 할 것이다.

태릉은 문정왕후의 능이다. 문종의 어머니로 중종 사후에 수렴청정을 했던 문정왕후는 조선시대 역사상 가장 힘이 셌던 왕후이다. 이 사실을 알고 보면 클 태太를 써서 태릉이라고 이름 붙인 이유를 알 것이다. 여담이지만, 그래서 태릉선수촌에서 여자 금메달리스트가 많이 나온다고들 농담처럼 말을 한다. 경희대학교 뒤쪽에 가면 의릉이 있다. 의릉은 장희빈의 아들이었던 경종의 능이다. 이곳에서 7·4 남북공동성명을 발표했다. 우리 주변에 있는 곳에 관심을 가지고 그에 얽힌 이야기와 역사를 찾아나가는 것도 아주 좋은 여행이 될 것이다.

우리가 살고 있는 곳의 이름을 찾아보는 것도 좋은 여행이 될 것이다. 우리가 흔히 잘못 알고 있는 남대문을 예로 들어보자. 남대문은 숭례문이라는 멋진 이름이 있다. 숭례문은 '예를 숭상한다'는 뜻이다. 우리나라가 예를 숭상하는 나라라는 것을 잘 알 수 있다. 그리고 예禮는 남쪽을 의미한다. 그러니까 숭례문은 남쪽 문이다. 인, 의, 예, 지, 신은 각각 방향을 나타내는 말이다. 동대문의 이름을 왜 흥인지문으로 지었는지도 알 수 있다. '인仁'이 '동쪽'을 나타내기 때문이다. '믿을 신信'은 '가운데'를 나타낸다. 그래서 보신각이 서울의 가운데에 있는 것이다. 우리는 이름을 중요시했기 때문에 이름 하나에도 모두 뜻을 담았다. 그 이름을 왜 지었는지 생각해보는 것은 아주 중요한 여행이 될 것이다.

지금까지 우리나라 지명은 크게 두 번의 수난을 맞는다. 신라 경덕왕 때 한자로 바꾸면서 순우리말 지명이 많이 사라졌다. 그나마 남아 있던 지명은 일제 시대 때 많이 없어졌다. 일본은 큰 언덕을 뜻하는 오사카 같은 일본 고유의 지명이 그대로 남아 있는데 안타깝다. 우리나라는 서울 외에는 남아 있는 순우리말 지명이 거의 없다. 밤골, 삽다리 등이 우리의 옛지명이다. 충청도에 있는 '삽다리'라는 곳은 사이에 있는 땅이라는 뜻으로, 다리 교橋 자로 잘못 전해져 '삽교'가 되었다고 한다. 삽다리의 '다리'는 '아사달, 음달, 양달'의 '달'과 마찬가지로 땅이라는 뜻이다. 내가 살고 있는 곳의 원래 이름이 무엇인지 알아보는 것도 마땅히 가져야 할 관심이자 좋은 여행이 될 것이다.

꼭 내가 살고 있는 곳이 아니더라도, 예를 들어 그리스 유적 답사를 간다면 그리스 유적들은 신화랑 연결된 게 많으니까 그리스 신화 공부를 좀 더 하고 떠나면 훨씬 재미있을 것이다. 이렇게 당연히 유적지도 보아야 한다. 하지만 어디를 여행하든 그 지역을 좀 더 깊이 알고, 그곳의 사람들의 생활과 풍습을 알려고 하는 관광과 관암이 함께 있는 여행이라면 더욱 나를 찾아주는 여행이 될 것이다. 여행은 밝은 곳과 어두운 곳을 함께 보는 것이다.

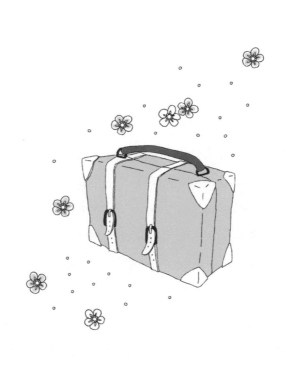

마중,
설렘과 기다림

마중이라는 말에는 설렘과 기다림이 있다. 마중은 우리말의 '맞이하다'라는 말에서 온 말이다. 누군가를 맞이하고 만나는 것이 마중이다. 마중과 배웅을 혼동하는 사람이 있는데 항상 '맞이하다'를 기억하면 마중이 연결될 것이다. 마중의 느낌을 가장 잘 표현한 말이 '버선발로 맞이하다'라는 것이다.

옛날에는 스승님이 집에 찾아오면 버선발로 뛰어나가 맞이했다. 그게 예의이다. 물론 친구가 와도 버선발로 맞이하는 경우도 있다. 멀리서 친구가 오니 기쁠 수밖에 없다. 이처럼 사람을 만나기 위해 나오는 행위를 마중이라고 한다. 마중은 좋은 거다. 마중하면 기다림, 그리움이 묻어 있다. 누군가를 마중 가는 것에 대한 설렘이 있다.

옛날 사람들은 마중을 나갈 때 마을 어귀까지 나갔다. 언제 올지도 모르는 사람을 맞이하기 위해서 마을 앞에 서 있는 나무 아래서 한없이 기다리기도 했던 것이다. 나는 그때 무척이나 행복했을 거라고 본다. 사랑하는 사람을 기다려본 사람은 알 수 있다. 기다리는 것이 행복이라는 것을. 예전에는 편지를 기다리는 것도 행복이었다. 하루에도 몇 번씩 편지함을 바라보고 기다리는 모습에서 행복을 찾을 수 있다.

그런데 지금 마중의 모습에는 기다림도 설렘도 없다. 누가 집에 온다고 해도 집 밖을 안 나간다. 친구가 온다고 하고 손님이 온다고 하면 아파트 입구까지는 나가서 기다려야 하는데, 띵동 초인종이 울릴 때까지 기다리다 "누구세요?" 하면서 맞이한다. 이건 마중이 아니다.

옛 어르신들이 동네 어귀까지 나가서 마중을 한 것은 조금이라도 빨리 만나고 싶어서이다. 찾아오시는 분께 조금이라도 덜 불편을 드리고 싶어서이다. 지금은 그런 마중의 모습이 많이 사라졌다. 그런 마음이 많이 없어졌기 때문이다. 누군가가 우리 집을 찾을 때 내가 그들을 마중하는 모습을 떠올려보았으면 한다.

배웅은 마중과 반대되는 말이다. 누군가가 우리 집을 찾았다 떠날 때 잘 가라고 하는 인사이다. 우리 학교 앞에 식당 주인은 내가 식사를 하고 자리를 뜨면 따라 나온다. 꼭 문 밖까지 나와 "안녕히 가세요" 하고 인사를 한다. 나는 그분이 인사를 하는 모습을 볼 때마다 많은 반성을 한다. 내 집에서 맛있게 식사를 하고 나가는 손님에게도 그렇게 감사의 마음을 전하는 것이다. 몇 초의 시간에 불과하지만 그 마음은 무엇과도 바꿀 수 없을 만큼 훈훈하게 전해진다.

그럴 때면 우리 집을 찾은 손님을 배웅하는 모습을 떠올려보곤 한다. 요즘은 아파트 현관문에서 손 흔들며 "잘 가!" 하는 사람도 많다. 좀 많이 나가면 엘리베이터 앞까지이다. 그런 모습을 떠올리며 나는 손님이 왔다 갈 때 최소한 엘리베이터 앞에서는 인사하지 말자, 엘리베이터를 같이 타고 내려가서 차가 떠나는 장면을 지켜보자고 다짐한다.

이런 풍경이 마중과 배웅의 모습이다. 마중이 기다림과 그리움이라면 배웅은 아쉬움이다. 손님이 보이지 않을 때까지 계속 손을 흔드는 아쉬움이 있다. 차를 타서도 뒤를 돌아보며 손을 흔들어 보이는 아쉬움이 묻어 있다. 그런데 지금은 마중도 배웅도 지나치게 짧아졌다.

손님을 배웅하는 나의 모습을 떠올려보면, 많은 것들이 생각
날 것이다. 마중하고 배웅하는 것만 잘해도 지금보다 훨씬 인간
다운 관계, 끈끈한 관계를 유지할 수 있다. 마중하는 시간도 배웅
하는 시간도 지나치게 짧아진다는 게 많이 아쉽다.

위기,
또 다른 찬스

'위기危機'는 '위험危險'과 '기회機會'가 합쳐진 말이다. 위기가 나쁜 것이라고 생각하지만 꼭 그런 것은 아니다. 그저 문제가 되는 상황이 위기는 아니라는 말이다. 위기 속에는 항상 해결책이 있다. 위기가 지나고 나면 더 큰 성취를 이룰 수 있다. 위험 속에 움츠리고 있으면, 두려워하고 있으면 다음 단계로 나아갈 수 없다. 위기가 닥쳤을 때 우리는 이것이 기회라고 되뇌어야 한다. 그래야 놀라운 반전을 이룰 수 있다.

반면에 '찬스'라는 단어는 보통 좋은 기회를 의미한다. '드디어 찬스를 잡았다'고 표현하기도 한다. 그런데 스포츠 경기 같은 경우를 보면 찬스를 살리지 못하면 곧바로 위기가 오기도 한다. 물론 반대로 위기가 지나면 찬스가 오는 경우도 심심찮게 보게 된다. 위기는 기회다. 이 점을 늘 명심해야 한다.

아이가 아파서 병원에 갔더니 병에 걸리는 것은 찬스라는 말을 했다. 찬스라는 말에 나는 깜짝 놀랐다. 우리가 알고 있는 찬스라는 말은 좋은 느낌인데 문제의 상황, 안 좋은 상황에서 찬스라는 말을 쓴 것이다. 얼른 사전을 찾아보니 찬스에는 부정적인 의미도 있었다. 찬스와 위기는 전혀 다른 느낌의 단어라고 생각했는데 사실은 공통점이 있었던 것이다. 병원에서는 원인을 알 수 없을 때 찬스라는 말을 쓴다. 유전적인 것도 아니고, 다른 명확한 원인이 없는 경우에 찬스라고 말하는 것이다. 어찌 보면 정말 억울한 생각이 들게 만드는 표현이다.

많은 병이 그렇다. 담배를 안 피운다고 폐암에 안 걸리는 것도 아니다. 담배도 안 피우는데 폐암에 걸린 사람은 얼마나 억울할까? 착하게 산다고 불행한 일이 닥치지 않는 것도 아니다. 남을 도우며 열심히 살았는데도 나쁜 일이 생기면 얼마나 분할까? 하지만 그야말로 모두 찬스다. 낮은 확률일지는 모르나 생기지 말라는 법도 없는 일이기 때문이다. 찬스라는 말은 기분이 나쁘게 들릴 수도 있지만 좋은 표현이 되기도 한다. 병에 걸렸기 때문에 가족이 서로를 더 애틋하게 생각하기도 한다. 병에 걸려서 다른 나쁜 음식을 피하게 되기도 한다. 위험한 일도 피한다. 결과적으로 나쁜 일은 없다. 찬스라는 단어가 보여주는 세상이다.

스포츠 경기를 보면 늘 해설위원이 비슷한 이야기를 한다. 찬스를 살리지 못하면 위기가 온다고. 그런데 정말 그 말은 그대로 이루어진다. 찬스 뒤에는 반드시 위기가 오고, 위기 다음에는 반드시 찬스가 온다. 이렇듯 위기도 찬스도 모두 양면이 있다. 그게 중요하다. 좋은 면을 살리면 기회가 되고, 그렇지 않으면 위험하게 된다. 눈앞에 위기가 닥쳤을 때 늘 생각해야 한다. 위기는 위험하지만 기회라는 점을 생각하고, 찬스에는 좋은 측면도 위험한 측면도 함께 있다는 사실을 잊어서는 안 된다.

기억,
좋은 모습으로 남다

　사랑하는 사람들에게 당신은 오늘 어떤 기억을 남기고 있는 가? 우리의 기억은 힘들고 아픈 기억은 짧게 간직하고, 행복하고 좋은 기억은 오래 간직하는 속성이 있다.

　너무 아프고 힘든 사랑이어서 그 사람과 헤어졌다. 헤어질 당시에는 그 사람이 두 번 다시 보고 싶지 않다가도 시간이 가면 슬슬 보고 싶은 건 아마도 이런 기억의 속성 때문일 것이다. 첫 사랑을 아름답게 간직하는 비결도 어쩌면 이 덕분일지도. 시간이 갈수록 빛바랜 사진처럼 그 사람이 나한테 했던 안 좋은 기억들은 잊고 좋은 기억들만 하나 둘 보관되니까.

자신이 힘든 상황 속에 처해 있을 때도 마찬가지다. 내가 힘들수록 다른 사람들이 나한테 못해줬던 것보다는 나한테 잘해줬던 고마운 사람들, 내가 그들에게 못해줬던 기억들이 먼저 생각난다.

내가 대학원생 때 가족 모두 미국으로 이민을 갔다. 학비도 생활비도 벌어야 하던 시절이라 아르바이트로 빌딩 청소를 했다. 10층짜리 건물이었는데, 중간에 10분가량 쉬고 7시간, 8시간을 계속 일했다. 그때 햇살 드는 창가에 몸을 뉘고 있으면 누군가에 대한 좋은 기억만 떠올랐다. 그때 우리 인간이 간직하는 기억의 기본적인 속성은 이런 거구나 하는 걸 깨달았다. 힘이 들수록 다른 사람에 대한 나쁜 기억은 떠오르지 않았다. 그리고 고마운 사람의 얼굴이 떠올랐다. 그 생각을 하면서 다시 힘을 낼 수 있었다. 기억이란 그런 것이다.

물론 안 좋은, 슬픈 기억이 오래갈 때도 있다. 내가 아주 안타깝게 생각하는 한 아버지가 있다. 그는 대구 지하철 참사에서 딸을 잃었다. 그 아버지가 언론 인터뷰에서 했던 말이 떠오른다.

"예전에는 딸아이를 생각하면 입가에 미소가 번지고 기분이 좋았는데, 지금은 그 아이를 떠올리면 눈물부터 나고 한숨밖에 안 납니다."

이 인터뷰를 보면서 한없이 좋았던 대상에 대한 기억이 안 좋은 것으로 남을 수도 있구나 하는 것을 알았다. 하지만 시간이 흐르면 그 아버지에게 딸은 다시 좋은 기억으로 남을 것이라 믿는다. 왜냐하면 그것이 딸이 원하는 일이기 때문이다. 먼저 보내서 마음은 아프지만 딸은 늘 아버지께 힘이 되는 모습으로 나타날 것이다.

다른 사람들은 나를 생각하면 어떤 기억이 먼저 떠오를까를 생각했다. 웃음이 날까? 행복할까? 자신이 없다. 지금부터라도 다른 사람에게 좋은 기억으로 남을 수 있게 좋은 모습, 행복한 모습을 보여주어야 하겠다고 반성했다. 누군가가 나를 떠올리며 기분이 좋아지고 입가에 미소가 지어진다면 그만큼 좋은 관계도 없을 것이다.

나는 부모가 자식에게 물려주어야 할 것도 유산이 아니라 좋은 기억이라고 생각한다. 재산은 사라지는 것이지만 기억은 평생을 사는 힘이 된다. 부모가 어떤 기억을 자식에게 물려주는가가 중요하다. 유산은 세상을 떠나면서 물려주는 것이지만, 기억은 평생토록 남겨주는 것이다. 오늘도 내일도 언제나 주변 사람에게 남겨주는 것이다. 자식에게만 유산을 물려주는 것도 아니다. 친구에게도, 나를 아는 사람에게도 좋은 기억을 남겨줄 수 있다. 사랑하는 연인이 연인에게, 스승이 제자에게도 마찬가지다. 그런 의미에서 매일이 소중하다. 모든 만남이 귀하다. 서로에게 잊혀지지 않는 행복한 기억이 되기 바란다.

청혼,
세포라의 청혼처럼 진실되어라

　혼인婚姻이라는 말을 살펴보면 여자에 해당하는 글자 '女'가 있다. 예전의 경우를 생각해보면 결혼은 여성이 중심이 되는 단어라고 할 수 있다. 성을 나타내는 한자도 성姓이라고 해서 여자가 중요하다. 학자들은 모계사회의 풍습이 남아 있는 한자라고 말하는 경우도 있다. 우리말에서도 '장가를 들다'는 말은 아내의 집으로 가는 것을 의미했다. 물론 '시집을 가다'라는 말은 남편 집으로 간다는 의미이다. 옛날 결혼식을 보면 여자 집에서 먼저 결혼식을 올리고 시집으로 간다. 예전의 결혼 풍습을 담고 있다. 결혼은 인류의 역사를 가능하게 한 중요한 예식이기도 하다.

결혼을 앞둔 사람들에게 꼭 들려주고 싶은 이야기가 있다. 세상에서 가장 아름다운 청혼에 대한 이야기이다. 영화 〈십계〉에 나오는 한 장면이다. 자신이 유대인이라는 것을 알게 된 모세는 왕자 신분을 버리고 이집트 땅을 떠나온다. 유대 민족과 함께 방랑의 길을 걷는 모세는 한 유목 부족의 마을에 도착한다. 그 마을의 많은 처녀들이 모세와 결혼하기를 원한다. 하지만 모세는 이집트 공주를 여전히 사랑하고 있어 그 여인들의 마음을 받아주지 못한다.

어느 날 마을 부족장의 딸인 세포라가 모세에게 묻는다.

"그 여인은 아름다웠나 보군요."

세포라의 질문에 모세가 대답한다.

"그렇소. 그녀는 마치 보석처럼 아름다웠소."

이때 세포라가 한 대사가 정말 아름답고 결혼이라는 게 어떤 것인지 생각하게 해준다. 세포라는 이렇게 말한다.

보석은 밝은 빛을 가졌어요. 하지만 따뜻함을 줄 수는 없죠.

우리의 손은 그녀처럼 부드럽지는 않아요. 하지만 우리의 손은 일을 할 수 있고, 희생을 할 수 있죠.

우리의 몸은 그렇게 하얗지는 않아요. 하지만 매우 건강하답니다.

우리의 입술은 향기롭지는 않아요. 하지만 우리는 진실을 말하는 힘이 있죠.

사랑은 우리에게 기교가 아닙니다. 우리의 생활일 뿐이죠.

우리는 황금과 좋은 옷으로 치장하지는 않았지만, 강하고 존경받는 마음이 우리의 옷인 셈이죠.

우리의 집은 이집트 왕궁처럼 대단하지는 않아요. 하지만 우리의 아이들이 그 집 앞에서 행복하게 뛰어놀 수는 있어요.

우리가 당신에게 줄 수 있는 것은 거의 없어요. 하지만 우리는 우리가 가진 모든 것을 드리는 거랍니다.

세포라의 이 말은 모세의 마음을 움직여 모세는 세포라와 결혼을 한다. 이런 고백을 듣는다면 어떤 남자도 그 여인을 거부하지는 못할 것이다. 거창하거나 화려하지는 않지만 진실되고 아름다운 말이다. 진실되고 아름다운 말은 사람의 마음을 움직이는 힘이 있다.

지금 좋은 사람이 곁에 있다면, 청혼을 앞두고 있다면, 결혼을 앞두고 있다면 이 '세포라의 청혼'을 다시 한 번 되새겨보았으면 한다. 세상에서 가장 아름다운 청혼이 아닌가 한다.

나는 청혼의 장면을 볼 때마다 칭찬과 부탁에 대해서 생각해보게 된다. 칭찬이나 부탁을 할 때는 상대에 대해서 잘 이해하고 있어야 한다. 우선 듣는 사람이 좋아할 만한 말을 해야 한다. 아무리 화려한 표현이라도 듣는 사람이 싫어하면 그 청혼은 실패다. 부탁이나 칭찬도 당연히 실패다. 듣는 사람의 장점과 내 장점도 잘 들여다봐야 한다. 청혼은 상대의 장점과 내 장점을 잘 조화시키는 일이다. 결혼은 서로의 단점을 덮어주고, 장점을 극대화하는 일이다. 살면서 싸움을 피하고, 기분 나쁜 것을 피하고, 서로 좋아하는 것을 찾아 하면 결혼은 성공이다. 사람 관계도 마찬가지다.

액땜,
더 큰 액을 막아주다

우리말 중에 외국인들이 도무지 이해를 못하는 말이 있다. 그런 말들은 외국어로 번역하면 정말 어색하다. 예를 들어 가까운 사람이 오늘 아침에 학교에 가거나, 회사에 가다 달리는 차에 살짝 치여 병원에 입원을 했다고 해보자. 다행히 큰 부상은 아니고 가벼운 부상을 입었다. 이 사람의 병문안을 간다면 어떤 말을 건넬 것 같은가? 아마 우리나라 사람들은 대부분 이렇게 말할 것이다.

"그만하기 다행이다."

영어로 번역해 말하면 "You're lucky"이다. 사람이 다쳐서 누워 있는데 "너는 행운이다"라니 도무지 말이 안 된다. 이게 정말 행운일까?

우리가 이런 말을 왜 쓰는지를 곰곰이 생각해보자. 대부분은 다친 것은 안됐지만, 더 크게 다칠 수도 있었는데 그만큼 다친 것이 다행이라는 뜻일 것이다. 여기서 조금 더 나아가 이렇게 생각해보면 어떤가?

'당신이 더 크게 다쳤더라면 당신이 떠나 다시는 못 볼 수도 있었는데, 이렇게 살아 있는 당신을 다시 만날 수 있다니 너무 다행이다. 당신을 다시 만나게 된 것만 해도 당신한테도 다행이겠지만 나한테도 무척 다행한 일이다.'

대개 이 두 가지 뜻이 함께 있을 것이다. 더 많이 다치지 않아서 다행이다, 당신을 다시 만날 수 있는 기회가 생겨서 다행이다. 이렇게 생각하면 행운이라고 느낄 수 있을 것이다. 이렇게 본다면 우리는 매우 긍정적인 생각을 가지고, 사람을 다시 만나는 것도 기쁘게 생각하는 사고를 가지고 있다.

이 말을 다르게 하는 가장 흔한 표현은 '액땜'이다. 액땜은 작은 불행으로 더 큰 나쁜 일이 올 것을 미리 막아주는 것이다. 액이 오는 것을 미리 때워주는 것이다. 그런데 가장 큰 액이란 무엇일까? 논리적으로 생각해보면 어떤 것보다 더 큰 액은 있을 수 있겠지만 가장 큰 액이란 없다. 팔 다칠 것을 손가락 다치는 걸로 더 큰 일을 막았다. 걷지 못하게 다칠 수도 있었는데 다리를 조금 다치는 걸로 막았다. 자칫 죽었을 수도 있는데 죽지 않고 막았다. 더 큰 액은 항상 존재하기 때문에 액땜은 늘 더 큰 액을 막는 것이다. 우리나라 사람들의 초긍정적인 생각을 가장 잘 드러내는 말이다.

우리 민요에 '액막이 타령'이라는 게 있다. 제목으로 볼 때 액을 막기 위해 부르는 노래라는 것을 알 수 있다. 노래를 들어보면 알겠지만 슬픈 노래가 아니라 활기찬 노래다. 액은 어쩔 수 없는 것이니 힘차게 이겨내야 한다는 메시지를 담고 있다. 이 노래를 가만 들어보면 우리 선조들이 어떻게 고통을 이겨냈는지를 알 수 있다. 노래의 내용을 일부분 보면 다음과 같다.

어루 액이야 어루 액이야 어기영차 액이로구나
정월이월에 드는 액은 삼월사월에 막고
삼월사월에 드는 액은 오월단오에 다 막아낸다

여기서 흥미로운 점은 액이 매월 들어온다는 것이다. 액이 있어서 불행할 것 같지만 꼭 그런 것도 아니다. 어차피 액은 든다.

그렇지만 들어온 액을 잘 막아내면 복이 온다. 잘 막아낸 것만으로도 행복할 수 있다.

아침에 출근을 하다 지하철 안에서 지갑을 잃어버린 것도 더 큰 나쁜 일을 지갑 잃어버린 걸로 막는다. 감기는 더 크게 아플 것을 알려주는 신호탄이다. 이런 것을 다 액땜이라고 한다. 더 큰 나쁜 일이 생길 수 있다는 것을 미리 알려주어 우리가 더 조심하게 만드는 것이다.

지금이 고통스러운가? 지금이 너무 힘이 드는가? 이것은 모두 더 큰 고통을 막아주는 장치이다. 액땜이라고 생각하면 못 이겨낼 것도 없다.

행운,
주어지는 것이 아니라 준비하는 것

행운을 어떻게 생각하는가? 당신에게 행운은 있다고 생각하는가? 행운은 나의 의지랑 상관없이 주어지는 것이라고 생각하는 사람들이 많다. 내 생각은 좀 다르다. 행운은 주어지는 것이 아니라 준비를 하는 것이다. 행운을 맞이할 준비를 잘하고 있어야 행운이 오는 기회도 생기는 것이지 그냥 오는 것이 아니다. 매학기 수업을 시작할 때 나는 학생들에게 말한다.

"여러분은 제 수업을 듣게 되어 행운입니다. 축하합니다."

그러면 학생들은 '저 선생 뭐야?' 하는 표정으로 쳐다본다.

'이 수업이 좋을지 어떨지 아직 들어보지도 않았는데 뭐가 행

운이고, 축하는 왜 받아야 하는 거지?'

그러면 나는 다시 말한다.

"이 수업이 끝날 때쯤 여러분이 내 수업을 들은 걸 행운이라고 생각했으면 좋겠습니다. 그렇게 되기 위해서 나는 노력할 것입니다. 어때요? 행운이라는 생각이 드나요?"

그러면 학생들이 큰 소리로 "네" 하고 답한다.

그리고 한 학기 수업이 끝날 때쯤에 나는 다시 물어본다.

"제 수업은 오늘이 끝이 아닙니다. 앞으로도 수업은 계속될 것입니다. 힘든 일이 있을 때 언제든지 찾아오세요. 물질적으로는 도와주지 못하더라도 여러분 곁에서 위로가 될 수 있었으면 좋겠습니다. 그런 선생 한 사람쯤 있다면 행운이지 않을까요?"

나는 요즘도 연락이 되는 학생들에게는 글을 보내준다. 행운은 어느 날 갑자기 주어지는 게 아니라 끊임없이 노력할 때만이 찾아오는 거라고 말해준다. 아내를 처음 만났을 때도 그랬다.

"당신은 행운을 잡았습니다."

아내가 엄청 어이없는 표정으로 "네?" 하고 대답했다.

그때도 나는 이렇게 말했다.

"당신이 나를 만날 걸 행운이라고 느끼게 해주고 싶다. 시간이 많이 지난 다음에 당신이 날 만난 것을 행운이라고 생각하게 될 것이다. 그렇게 되었으면 좋겠다."

그랬더니 아내의 표정이 좋아졌다. 이 책을 읽는 여러분에게도 똑같은 말을 하고 싶다. 물론 나중에 만날 기회도 있기 바란다.

"이 책을 집은 것이 행운이었으면 좋겠다. 단순히 책과 나를 만나는 게 아니라 이 책을 보면서 삶에 대한 태도가 바뀌고, 여러분의 행동에 하나라도 변화가 생긴다면 행운이라고 생각한다. 이 책을 덮고 여러분이 '정말 행운이었다'고 느낀다면 나의 노력이 헛되지 않은 거라고 생각한다."

행운을 잡기 위해서는 때로는 극단적일 필요도 있다고 생각한다. 극단적인 생각이 우리를 긍정적으로 만들 때가 있다. 담배 끊는 이야기를 해보겠다. 담배 끊기가 무척 힘들다고 하는데 담배를 가장 잘 끊는 사람은 폐암에 걸린 사람이라고 한다. 의사가 "당신은 폐암입니다"라고 말하면 그 순간부터 담배가 싫어진다고 한다. 곧바로 끊게 된다. 하지만 폐암에 걸리고 담배를 끊으면 무슨 소용인가? '소 잃고 외양간 고친다'라는 게 바로 이런 거 아닐까.

차라리 지금부터 폐암에 걸렸다고 생각하고 담배를 끊으라. 그렇지 않으면 사랑하는 가족들을 보기 어려운 상황이 언제 올지 모른다. 그때 가서 후회해봤자 소용없다. 사랑하는 사람들을 오래도록 보기 위한 행운을 잡으려면 지금 당장 실행에 옮겨라. 나도 그 생각을 한 후 곧바로 담배를 끊었다. 폐암에 걸렸다고 생각하니 끊기가 쉬웠다. 극단적인 생각이 긍정적인 생활을 만든 것이다.

사랑하는 사람, 사랑하는 가족들과 연결되어 있는 나는 내 한 몸이 아니다. 누군가의 아들 딸, 누군가의 남편 아내로 이어져 있다. 누군가의 친구, 누군가의 스승 제자로 이어져 있다. 내 한 몸을 소중하게 여기고 지켜야 한다.

누군가를 사랑한다면 내 한 몸이라고 함부로 해서는 안 된다. 소중한 내 한 몸을 지켜야 할 의무가 있다. 나를 위험 속으로 몰아넣어서는 안 된다. 이렇게 행운을 준비한다는 것은 어떻게 살 것인가와 연결된다. 내가 어떻게 살지 생각하면서 사는 거랑 그냥 흘러가는 대로 사는 거랑은 엄청난 차이가 있다. 가끔은 이런 극단적인 생각이 나를 긍정적으로 바꾸고 나의 삶의 태도와 행동을 바꾸어 사람들과 좋은 관계를 유지하게 만들어준다. 그러다 보면 행운도 찾아온다.

오늘 나를 만나는 사람에게 행운이 되었으면 좋겠는가? 그 사람의 행운이 될 수 있도록 노력하라. 그 사람의 위로가 될 수 있도록 노력하고, 그 사람의 기쁨이 될 수 있도록 노력하라. 그 사

람이 좋아하는 일이 무엇인지를 기꺼이 생각하고, 그 사람이 좋
아하는 일을 같이 해보라. 나보다 항상 그 사람을 먼저 생각해보
라. 그러면 서로가 서로의 행운이라는 것을 느낄 수 있을 것이다.
가장 좋은 것은 서로가 서로의 행운이 되는 것이다.

나와 세상을 행복으로 이어주는

우리말 선물

초판 1쇄   2016년 5월 15일
초판 5쇄   2023년 11월 26일

지은이   조현용
펴낸이   정은영
책임편집   최은숙
디자인   공중정원
일러스트   민효인

펴낸곳   마리북스
출판등록   제2019-000292호
주소   04037) 서울시 마포구 양화로 59 화승리버스텔 503호

전화   02) 326-0729, 0730
팩스   070) 7610-2870
Email   mari@maribooks.com
인쇄   주)신우인쇄
ISBN   978-89-94011-63-9 (03810)